JN001665

魔力ゼロの出来損ない貴族、四大精霊王に溺愛される

MARYOKU ZERO NO
DEKISOKONAI KIZOKU,
YONDAI SEIREIOU NI
DEKIAI SARERU

Sora Hinokage
日之影ソラ

Illustration
紺藤ココン

登場人物紹介
◇◆◇ ルリア ◇◆◇
アスクの妻であり、一番の理解者。精霊と契約しており、強力な風魔法を操る。
◇◆◇ アスク ◇◆◇
魔力も感情も持たず生まれた少年。四大精霊王に見出され、最強の力を手に入れる！
◇◆◇ バーチェ ◇◆◇
悪魔の子供。戦闘における実力はまだまだだが、魔導具作りの腕は超一流。

???

突如現れた、謎の男。かなりの実力者のようだが、その正体は……？

ガルド

砂漠の街を拠点に活動する、重戦士。見た目は厳つい（いか）が、お人よし。

アリア

聖剣に選ばれし勇者。少女とは思えない破天荒（はてんこう）な戦いぶりで、あらゆる敵を蹴散（けち）らす。

セシリー

無数の魔法を使い熟す（こな）魔導士。責任感が強く、危なっかしいアリアを放っておけない。

四大精霊王

風の精霊王
シルフ

水の精霊王
ウンディーネ

地の精霊王
ノーム

炎の精霊王
サラマンダー

プロローグ　元・感情のない器

人は生まれながらに、様々な恩恵を受けている。

たとえば呼吸。生きていくために必要な空気を体内に取り込むのだってその一つだ。

それだけじゃない。鼻で匂いをかぎ分け、口を介して食べ物を体内に取り込んだり、言葉を発したりできる。二つの瞳は景色を見渡し、色を識別する。

また、このように五感によって感じた情報を処理し、記憶する脳も備えているのだ。

あの人は何を考えているのか。何を思っているのか。

そんなことを考えられるのも、脳あってこそだ。その脳を介して感じる喜怒哀楽――感情は、人を動かす原動力になる。

しかし、それらは大したことではない。この世界の人々にとって最も大きな恩恵は、魔力を宿していることだ。

魔力があるから魔法が使える。

魔法は様々な現象を再現し、時になんでもできると錯覚するほどの万能感を与える。

人々の生活に魔力は欠かせない。

それは人として生を享けたのなら、誰もが持っている当たり前の認識だろう。

――否。


それが当たり前じゃないことを、俺――アスク・マスタローグはとっくに知っている。

優秀な魔法使いを多く輩出している名門貴族、マスタローグ家の次男として生まれた俺には、魔力が全く宿っていなかった。

少ないのではなく、完全なゼロ。そんなことは、長い歴史の中でも初めてのことだったらしい。

不本意な形で特別な存在になった俺を、当然の如く両親は非難した。

どうして魔力を持っていないのか、と。

魔力がなければ魔法を行使できないのだから、それは至極当たり前のこと。

会うたびに、お父様はこんなこともできないのかと俺を叱った。

けれど、俺にはどうしてお父様が怒っているのかわからなかったんだ。

より正確に表現するなら、『怒り』という感情が理解できなかった。

そう、俺はもう一つ、人として大切な要素が欠落していた。


俺には、感情もなかったのだ。

口から発する言葉には、何の心も宿っていない。

向けられた悪意や敵意、憐れみの気持ちさえ、俺には理解しがたいものだった。けれど、人々を観察することで感情を理解し、真似ることはできる。

怒られている時は落ち込んだ顔をし、時には涙を流せばいい。一つ上の兄を見て学習したことだ。

それでも、お父様は不気味に感じていたらしい。

今から思えば当然だろう。感情などないのに、感情のあるフリをしていたのだから。

まるで人形が、頑張って人間の真似をしているように見えたのだ。きっと。

滑稽で、不気味に違いない。でも、俺にはそれしかできなかった。

だが、努力はしていたのだ。マスタローグ家の人間としてお父様の期待に応えなければならないとか、そういうことを表面上とはいえ、理解していたから。

もっともその努力が実を結ぶことはなく、俺は別邸へと追いやられたわけだが。

悔しさもない。悲しさもない。何かを成し遂げても、達成感を得られない。

そんな虚無に包まれた俺の人生を変えたのは、偉大な王様たちとの出会いだった。


「あなたが毎朝欠かさず身体を鍛えている理由がわかったわ」

「え？」

「生まれつき魔力がなかったから、代わりに身体を鍛えたのね」

「ああ、そうだ。これしか思い浮かばなかったんだ」

庭でトレーニングをしていると、ついつい考え事をしてしまっていけない。

俺が訓練しているのを微笑みながら眺めているのは、大切な家族——妻になったルリアだった。

彼女の種族は、エルフ。この世界において差別の対象とされる亜人だ。彼女は同じ立場であるセイレーンのラフランや猫獣人のリズとパーティーを組んで、冒険者をしていた。

それは、共同生活をしている亜人たちの生活費を稼ぐためだった。しかし、この間俺が彼女たちのパーティーに加入し、一緒に大量に依頼を熟したことでさほど差し迫った問題でもなくなった。

それに、これまで彼女たちは人目につかない場所を転々としていたらしいが、これまた依頼を熟した見返りとして大きな屋敷を貰ったことで解決したんだよな。

そうそう、彼女には俺の事情を伝えてある。俺が生まれつき魔力と感情を持っていなかったことや、そのせいでずっと家族に冷遇されてきたことを。ただ、俺がただの人間ではなく、地・水・火・風それぞれを支配する精霊王の契約者であることは、まだ伝えていない。もめ事に巻き込みたくないからな。

俺のことを見守ってくれているのは、彼女だけじゃない。俺と契約し、俺に力と感情を与えてくれた偉大な王様たちもだ。

彼らは、その強大な力に耐えうる強靭な肉体を持った人間——器を探していた。俺をその器として見出して以降、彼らはいつだって傍で見てくれている。

実体ではなく、俺にしか見えないし声も聞こえない霊体ではあるが、今だってすぐそこにいるのだ。

そういう存在ができたことが嬉しかった。

そして、嬉しいと感じられることが、とても嬉しい。

頑張る理由を得られたことは、人生において大きな一歩だ。そう、俺には叶えたい未来が、守りたい日常が生まれていた。王様たちの期待に応えたい、ルリアたちを守りたいという願いだ。

「あの頃はただ、がむしゃらに身体を鍛えていただけだった。でも今は違う。ちゃんと……やりたいことが見つかった」

「そう。よかったわ」

「ああ。ルリアとの出会いがあったからだ」

俺は恵まれている。こんなにも素敵な出会いを与えられたのだから。

そう思える自分を誇らしく感じながら、俺は訓練を続けるのだった。

第一章　強者が集う

世界は広く、不思議で溢れている。人間によって作られた街は、人間たちの常識によって運用される。そして彼らは、他種族を見下す。

多様性を否定し、人間以外は劣等種族だと決めつける。だが、俺は知っている。

人間と亜人種、どちらの種族にもそれぞれ長所があり、短所があることを。

人間にはエルフのように長い寿命はなく、獣人のように高い身体能力もない。水を操るセイレーンのように特殊な能力を有するわけでもない。

ただ数が多く、特別な力がないからこそ、人間は知恵と発想で文明を発展させてきた。

人間たちだって、種族ごとに長所があると気づいていないわけじゃない。認めたくないだけなのだ。多数派こそが優れた存在であり、常に正義だと思いたいだけである。

そんな下らない常識を、いつか覆してやりたい。

彼女たちとともに過ごすようになって、そう考えるようになった。

「ルリア！　そっちに二匹逃げたぞ」

「わかってるわ」

森の中。逃げる魔物をルリアが追撃し、危なげなく退治する。

「今ので最後ね」

「ああ」

俺とルリアは鞘に剣をおさめる。静かに呼吸を整え、周りの状況を確認して一息つく。

そこへ、少し離れた場所で魔物と戦っていたパーティーメンバーのリズ、ラフラン、バーチェが駆け寄ってきた。

バーチェはかつて自身を魔王だと名乗っていた、小心者の悪魔の女の子。元々他の魔族から迫害されていたこともあり、俺らの仲間になったのだ。

この間、他の悪魔が街に攻め込んできた時には、自作の魔導具で街を護り、その功績によって冒険者の資格を得た。だから今こうして、俺らのパーティーにいるんだ。

「おつかれっす！」

「今回も無事に終わってよかったですね」

「オレ様にかかれば楽勝だったなぁ！」

「お前は最初ビビッてなかったか？」

「び、ビビッてねーし！」

俺がジト目で言うと、バーチェは途端に狼狽える。

三人に怪我はないようだ。Ｂランクの依頼なら、彼女たち三人だけでも余裕で熟せるようになってきたな。

パーティーメンバーのランクが異なる場合、パーティーのランクは一番人数が多いランクになり、そのランクまでの依頼が受注可能になる。しかし、Sランクが一人でもいれば事情が変わる。全てのランクの依頼を受けられるようになるのだ。

だからSランクの俺がいる時点で、本当はもっと高いランクの依頼が受けられるのだが、ここしばらくはあえてBランク以下の依頼しか受けていない。

バーチェを戦いや周辺の地形に慣れさせるためだ。

彼女は悪魔の癖に戦闘経験が少なすぎる。

自分より弱い相手にもビビるから、まずは自信をつけさせようと思ってのことだった。

バーチェの性格上、やりすぎると自信過剰になりかねないのが不安だが……

そんなことを考えていたら、ルリアが俺に尋ねてくる。

「ねぇ、もうそろそろいいんじゃないかしら」

「だな。次はAランクの依頼を受けよう」

Bランク以下の依頼ばかり受けていると、またアトムさんに小言を言われてしまう。

他の冒険者のために、低いランクの依頼も残しておいてくださいね、という具合に。

「バーチェも慣れてきただろうしな」

「はっ！　どんな依頼でもオレなら余裕で熟せるぜ！」

「そうか。じゃあ次の依頼は一人で行ってもらおうか。ピンチになっても助けてやらないぞ」

「うっ……そ、それはちょっと、困るかな」

動揺で声が裏返った。調子のいい性格は相変わらずで、時折生意気なことを言っては裏目に出ている。そういう子供っぽさを愛らしく思えるほど、彼女が一緒にいることにも慣れてきた。

「大丈夫っすよ！　お兄さんは優しいから、絶対見捨てないっすもん」

「ですね。なんだかんだと言いつつ助けてくれると思います」

「アスク、見抜かれているわよ」

「……どうかな」

ルリアに指摘された照れくささを隠すように、そっと目を逸らす。本当に、リズとラフランも俺のことをよくわかっている。

彼女たちと出会ってそろそろ三ヶ月。大きな出来事と言えば、悪魔が同時に三つの街を襲撃した事件か。もっともあの時は、バーチェが結界の魔導具を作ってくれたり、襲撃先を教えてくれたりしたことで、どの街でも被害は最小限に抑えられたらしいが……。

それ以降は特に目立った問題も起こらず、平和な日々を過ごしていた。

そんな時間の中で、俺たちは少しずつ互いのことを理解できてきたのだろう。

「もう帰りましょう。ギルドへの連絡は済ませてあるわ」

「ああ」

俺たちは街へ向かって歩き出す。

すると、すぐにぐーっという音が鳴った。リズが自分のお腹に手を当てて笑う。

「はー、お腹減ったっすね～」

「お昼、いっぱい食べていましたよね？」

ラフランは呆れた視線をリズに向けている。

「オレは肉が食いたい！」

「夕食の前にバーチェはお風呂に入るのよ」

ルリアがそう言うと、バーチェは嫌そうな顔をする。

「ぐ……」

相変わらずバーチェはお風呂が苦手らしい。今回もいつものようにルリアが無理やり入れることになりそうだ。

やれやれ、といった感じでルリアは小さくため息をこぼす。

俺はそんな微笑ましい光景を後ろから眺めていた。

「退屈そうだな、アスクよ」

唐突に、赤き竜の姿をした火の精霊王——サラマンダー先生が話しかけてきた。

「——！　先生」

思わず反応してしまうが、幸いルリアたちは気付いていないようだ。俺は歩くペースを落とし、声が届かないように彼女たちと距離を取って話を続ける。

「なんだか久しぶりですね、声を聞くの」

「近頃、お前が他の者とともにいる時間が増えたからな」

「気を遣わせてすみません」

「構わん。お前の幸福は、我々にも伝わってくる。幸福な感情は心地がよいものだ」

そう言って貰えると嬉しい。

俺と王様たちは、感情を共有している。

喜怒哀楽、それぞれの感情は王様たちに貰ったものだから、俺が見て、聞いて、感じたことは彼らにフィードバックされるのだ。

だからこそ、自分でも気づけない小さな感情さえ、彼らには筒抜けになってしまう。

「それにしてもやはり今、アスクは退屈なのだな」

「さっきもそう仰っていましたが……俺は今、退屈だと思っているんですか？」

「気付かぬか。僅かにではあるがな」

サラマンダー先生の言葉に戸惑う俺に、ノーム爺が言う。

「悪いことではないぞ？　刺激を求めるのは生きていれば当然だからのう」

地の精霊王であるノーム爺は、大地が人間を支えるように、俺をどっしり支えてくれる。俺が気付けないことにもすぐに気付き、いつもさりげなく諭してくれるんだよな。

「刺激……か。確かに少ないですね。この頃事件もないし」

「別に刺激は事件である必要はないわよ？　たとえばほら、素敵な奥さんがいるでしょう？　結婚したんだから、もっと素敵なことをしたっていいじゃない」

「そうだヨ！　チューくらいしてもいいよネ！」

「う……そうですね」

水の精霊王であるウンディーネ姉さんと、風の精霊王であるシル。精霊に明確な性別は存在しないが、二人はどちらかというと女性寄りの感性を持っている。

そんな二人からすると、今の俺とルリアの関係は、中途半端なものに見えるようだ。

ウンディーネ姉さんとシルに言われて気付く。そういえば、俺とルリアはプラトニックな関係を続けている。キスだって出会った直後に事故でしてしまっただけで、結婚してからは一度もしていない。

というか、結婚したのに夫婦らしいことを何もしてないような……

「夫婦……か」

今のままでいいのだろうか。

考え始めると、漠然とした不安で胸が満たされていく。


帰宅すると、一緒に暮らしている亜人のみんなが、既に夕食の準備を済ませてくれていた。

依頼で疲れた俺たちは、すぐに夕食をとれるありがたみを感じながら、みんなでそろって食事をする。しかしそんな楽しい時間も束の間、その後にはちょっとした戦争が起こる。

お風呂に入りたくないバーチェと、絶対に入れたいルリアが対決するのだ。

とはいえ、軍配はいつもルリアに上がる。リズとラフランも彼女の味方をするから、初めから勝負になるはずがない。そして負けが確定しかけると必ず、バーチェは飼い猫みたいな目で俺に懇願してくる。

「お願いだよアスク！　助けてくれー、なんでもするからー」

「そうか。じゃあ諦めて風呂に入ってくれ」

「な！　裏切り者！　お前だけはオレの味方だと思っていたのにぃー!!」

助けを求められたところで、男の俺が風呂場まで一緒に行けるわけもない。

俺がルリアに軽く目配せして、『いつも悪いな』と伝えると、微笑みが返ってきた。

きっとルリアにとっては、なんでもないことなのだろう。

「バーチェのことはルリアに任せれば安心だな」

俺は食器の片付けでも手伝おう。と、思ったらそれも亜人のみんながやっておいてくれていた。

……特にすることがなくなってしまった。お風呂は女性陣が使っていて、しばらく使えない。手持ちぶさたになった俺は一人、屋敷の庭に出る。

今夜は一段と月が綺麗だ。雲一つなく、周りに明かりが少ないから星々がいっそう輝いて見える。

「ふぅ……それにしても刺激、か」

確かに足りないのかもしれない。

平和な日常を満喫する中で何気ない幸せはしっかり感じているし、ルリアたちと一緒にいる生活にも満足はしている。けれどそういった日常だけでは、人は完全には満たされないようだ。

本来は非日常の枠に入る魔物との戦闘も、俺にとっては生活するための資金集めにすぎない。手強い相手なんて滅多に現れないしな。改めて、この間街を攻めてきた悪魔はマシだったのだと思い知らされる。

そうは言っても、戦いに刺激を求め始めたらキリがない。強い敵を求め続けた挙句、一緒に暮らすルリアたちが傷つくなんて未来は、望んでいないわけだし。

帰り道でした会話を思い出す。

きっと今の俺に足りないのは、日常の中にある小さな刺激。

「夫婦らしいこと、夫婦らしいこと……思いつかない……」

世俗とさほど交わらずに生きてきたから、どういうことがそれに該当するのかだって、わからないのだ。

考え込んでいると、ふいに睡魔が襲ってきた。俺はそのまま中庭の芝生に寝転がる。

「――スク、アスク」

「ん？　……ルリアか」

ルリアの声で、眠りから目覚める。

彼女は芝生に寝転がっている俺の顔を覗き込んでいた。

ちょっとした休憩のつもりが、しっかり眠ってしまっていたみたいだ。

「こんな場所で寝ていたら、風邪をひくわよ」

「あーごめん。風呂は？」

「全員入ったわ。あとはあなただけよ」

「そうか。じゃあ入ってくる」

よっこいしょとゆっくり起き上がり、パンパンと身体についた草や土を払い落とす。

そして軽く伸びをして、歩き出そうとした俺の腕をルリアが掴んだ。彼女は心配そうな表情でこちらを見ていた。

「ルリア？」

「何か悩んでいるの？」

「――わかるのか？」

「あなたって意外と顔とか態度に出やすいのよ。依頼から戻ってきたあたりから、いつもより元気がなかったわ」

少し驚く。俺が悩み出したタイミングまで正確に当てられるとは。

俺はそこまで表情に出やすいのだろうか。それとも彼女が俺のことをよく見ている証拠なのか。

いずれにせよ、ルリアが心配してくれていることに変わりはない。それに、どうせこのまま一人で考え込んでいてもどうにもならなそうだ。俺は彼女に相談してみることにした。

「悩みってほどじゃないんだけど……夫婦って、これでいいのかなって」

「……？　どういう意味？」

「いや、俺たち夫婦になったのに、夫婦らしいことを何もしていない気がするんだよ。まぁ俺はそもそも夫婦らしいことが何かよくわかってないんだけどさ」

「……夫婦らしいこと、したいの？」

ルリアが不思議そうに、けれど少し照れたような顔で尋ねてきた。

俺は少しだけ考えて、正直に答える。

「わからない。俺は夫婦をよく知らないから、それらしいことが思い浮かばない。でも、だからこそ興味はある……ってところかな」

「そう……じゃあ、今日から一緒の部屋で寝ましょう」

「――一緒に？　いいのか？」

「駄目なわけないじゃない。だって私たち……夫婦なんだし」

そう言いながらルリアはそっぽを向く。恥ずかしかったのだろう。

垂れた髪の間から覗く頬は赤らんでいる。まさか彼女のほうから提案してくれるなんて思わなかった。それがたまらなく嬉しかった。

「ほら、先にお風呂に入ってくれれば？」

「そうだな。部屋で待っていてくれ」

「ええ、待ってる」


およそ四十分後。

俺はいつものように自室のベッドで横になっていた。だけど違うこともある。今夜から隣には、ルリアがいる。俺らは揃って仰向けに寝ていた。

静かな夜だ。

「緊張しているのか？」

「……そんなことないわ。あなたこそしてるでしょ？」

「俺は緊張しているよ。女の子と同じベッドで寝るなんて初めてだから」

「……そうやって素直に答えちゃうところ、ずるいわね」

彼女は隣で、小さくため息をこぼすふりをして呼吸を整えている。ルリアだって緊張しているのだ。

天井を見上げていた彼女は、ごそごそと身じろぎして、俺のほうに顔を向ける。

俺もそれに気づいて、同じように彼女のほうを向いた。目と目が合う。

顔と顔が近くて、呼吸の音も聞こえてくる。ドキドキと胸が鼓動する音が、どちらのものか区別できなくなってきた。

「夫婦ってすごいな。これを毎日続けているんだろ？」

「そうね。今はドキドキして身が持たなそう。けど、きっとそのうち慣れるわ」

「慣れるのか……それはそれで少し寂しいな」

「寂しい？」

「ああ。君の顔を見ているとドキドキする。この気持ちに慣れるのは……もったいない」

と、話したところで羞恥がこみ上げる。我ながら恥ずかしいセリフを口にしたものだ。

でも今は距離が近すぎて、顔を隠したくてもできない。ルリアはクスリと微笑む。

「アスクもそう思ってくれているのね。意識してもらえていないのかと思ったわ」

「なんでだよ」

「だって、結婚してもいつも通りだったから」

「……不安、だったか？」

布団の中で、ルリアの手が俺の手に触（ふ）れる。

そのまま指を絡（から）めてきた。

「少し」

「そうか」

俺の態度が彼女を不安にさせていたことにようやく気付き、申し訳ない気持ちでいっぱいになった。

だが、それをどうにかして払拭（ふっしょく）したいとも思う。だから俺はルリアに顔を近付けた。

俺が彼女をどう見ているのかを、はっきりと行動で示すように。唇（くちびる）を重ねる。

「君のお陰で、結婚するってどういうことか、わかるようになってきた」

「本当？」

「ああ、だから、これからもいろいろ教えてくれ。君がしたいことを、俺もしてみたい」

「……うん」

日常の中の刺激なんて、気付かなかっただけで探せばいくらでもあるのかもしれない。

遠慮（えんりょ）しがちな俺たちは、こうして少しずつ歩み寄る。

朝早くにギルドを訪れた俺たちは、いつものように掲示板の前で依頼を吟味する。

今日からAランク以上の依頼を受けることに決めていた。

「どれにしたものか」

「オレはなんでもいけるぜ！」

「じゃあ一人でやるか？」

「そ、それはまた今度な！　今はお前らと一緒にいてやるよ！」

翻訳すると、一人じゃ不安だから一緒にいてください、という意味になる。

バーチェは一周回って一番わかりやすくて助かる。そしてルリアたちも、最近になって表情や仕草から何を考えているか察せられるようになってきた。

付き合いが長くなるほど、お互いの気持ちがわかるようになるんだな。

「アスク様」

「――――！　アトムさん」

ここで、俺が知り合った中でもっとも感情が読み取れない人物の登場だ。俺がこの街に来て以来お世話になっている、ギルドマスターのアトムさん。彼はいつも形だけの笑みを浮かべて他人と接している。

この人が何を考えているのかだけは、未だに理解できない。

「どうしましたか？　俺に何か用ですか？」

「はい。アスク様、それからパーティーの皆様にもお話がございます。応接室まで来ていただけますか？」

俺だけじゃなく、パーティー全員？

雰囲気から察するに、Sランクしか受けられない依頼がある、とかじゃなさそうだな。もっと大事な話って感じだ。いい話か、悪い話か。

悪魔襲撃の一件を思い出して、少し警戒する。

「そう身構えないでください。悪い話でも、危ない話でもありませんので」

アトムさんは俺の表情から気持ちを察したのか、先にそう教えてくれた。

俺にはこの人の表情は読めないけど、この人に俺たちの考えは筒抜けなような気がして、なんとなく落ち着かない。

アトムさんに連れられて応接室に入った俺たちは、ソファーに腰を下ろし、向かい合って話し始める。

「実は近々、対策会議をしたいと考えております」

「対策？　何のです？」

「悪魔の、です」

びくっと反応したのは、バーチェだった。彼女も悪魔だからな。

バーチェは隠れるようにその場で縮こまる。

俺は代わりに聞いてやる。

「バーチェのこと……ではないですよね？」

「はい、バーチェ様は既にギルドの一員です。対策したいのは、他の悪魔についてです」

アトムさんは淡々と説明する。

「サラエ、ルースト、バングラド。悪魔が襲撃した街はこの三か所です。前回は皆様の情報、尽力があっていずれの街でもなんとか被害を抑えましたが、此度の悪魔襲来を、ギルドとしては重く受け止めております」

「これで終わりじゃないと？」

「我々はそう考えております。彼らは好戦的な種族です。きっかけさえあれば、今日明日にでも襲撃してくるでしょう」

「……」

バーチェの前で悪魔を悪く言ってほしくないが、否定もできない。

悪魔とは元来、そういう種族だ。支配を望み、戦いを好み、殺戮を欲する。バーチェが特殊なだけで、彼らの本質は闘争にある。

「気を悪くなさらないでください。バーチェ様のことをそうだと言っているわけではありません」

「べ、別にいいよ。事実だし、オレが知っている悪魔も大体そんな感じだったからな」

「お前がいい悪魔でよかったよ」

そう言って、俺はバーチェの頭を撫でてやる。

「ちょっ、頭撫でんな！」

バーチェはそう言いながらも抵抗はしない。俺に頭を撫でられるのに慣れてきたのだろうか。

嫌だ嫌だと言いつつ内心では求めているのだとしたら、それも愛らしい。

悪魔がみんな彼女のように可愛らしく、友好的であればよかったのに……と、心から思う。

「我々ギルドは次に悪魔が襲来した時に備え、然るべき準備が必要だと考えております。そこでギルドに所属する冒険者を代表して、皆様にも会議に参加して頂きたいのです」

「そういうことなら、もちろん協力します。けど俺たちはこの街に来て間もない。会議に参加しても大した意見は言えませんよ？」

「構いません。今回は顔合わせが主な目的ですので」

「顔合わせ？」

「はい」

アトムさんは笑みを浮かべ、改まった口調で続ける。

「此度の対策会議には、Sランク冒険者が所属するパーティーを招集しております」

「Sランク……」

つまり、会議に行けば対面することになる。俺以外のSランク冒険者――世界に二十人しかいない強者に。

悪魔を退けた彼らには興味がある。俺はアトムさんの話を聞いて笑みをこぼした。

「楽しみですね」

これも一つの刺激だ。

日常が、非日常へと切り替わる。

三日後。俺たちは冒険者ギルド内にある大会議室にやってきた。

既に、参加予定のギルド職員数名と、アトムさんの姿がある。

俺はアトムさんに尋ねる。

「会議ってこの街でやるんですね」

「ええ。この街のギルドがもっとも大きいので。それにこう見えて私、この周辺の街全てを管轄しているんですよ」

「そうだったんですか。てっきりこの街のギルドだけをまとめておられるのかと」

「ギルドマスターはそんなにたくさんいませんからね」

聞けば彼らの数は、俺たちSランク冒険者より少ないそうだ。

ギルドマスターは各ギルドの長のような存在。複数の街を管理している。

貴族が領地を持つような感覚だろうか。いくつもの村や街を治める領主様のような立場にある、というわけだな。改めて思う。

「すごい人なんですね、アトムさん」

「恐縮(きょうしゅく)です。しかし、我々よりも現場で戦ってくださる冒険者のほうがよほどすごいでしょう。依頼のために、命を張ってくださっているのですから。特に、あなたのような人材は特別です。私が管理する街で、Sランク冒険者はあなたを含めて四人しかいませんので」

「四人……ここに全員集まるんですよね？」

「はい。もうじき到着されるはずです」

トントントン――

タイミングを計ったように、会議室のドアがノックされた。皆の視線が集まる中、アトムさんが入室を許可する。

「しっつれいしまーす！」

扉が勢いよく、限界まで開く。

姿を見せたのは快活(かいかつ)そうな赤い髪の女性。一目見た印象は、リズに近い雰囲気だ。

「こら、そんなに強く開けたら壊(こわ)れちゃうでしょ」

「痛っ！　叩かないでよー」

彼女の後ろから、薄緑(うすみどり)色の長い髪を結んだ女性が入ってきた。彼女は赤い髪の女性の頭をポカリと叩き、何やら注意を始めた。

アトムさんが彼女たちに話しかける。

「お待ちしておりました。アリア様、セシリー様」

「どうもどうも！　お久しぶりです！」

「こんにちは、アトムさん」

陽気な雰囲気の女性と、落ち着いた雰囲気の女性。対照的な二人だからこそ、揃うとなんだかしっくりくる……気がする。

そんなことを考えていると、赤い髪の女性が俺に気付く。

「あ！　もしかして君が新しいSランクの人!?」

「え、ああ……」

彼女は一瞬にして俺の前まで来ると、右手を握ってぶんぶんと大きく上下に振った。

「私はアリア！　君と同じSランク冒険者だよ！　よろしくね！」

「あ、ああ。よろしく」

「わー、同い年くらいかな？　仲良くしてね！」

「こら、いきなり近付きすぎよ。失礼でしょ？」

「痛っ！　ひどいよ、セシリー！」

元気なほうがアリアで、そんな彼女に注意しているのがセシリーという名前らしい。

見たところ他には誰もいない。

「二人だけ？」

「ん？　そうだよ！　私たちはコンビなんだ！　私もセシリーもSランクなんだよ！」

「二人とも？」

四人いるうちの二人が同じパーティー……アリアが言うところの、コンビを組んでいるのか。

そういうこともあるんだな。

「初めまして、私はセシリーです。うちのアリアが失礼しました」

「いえ、気にしていませんから」

「ありがとうございます。噂は聞いていますよ。冒険者になって数ヶ月でSランクになった期待の新人だと」

「それ、アトムさんから聞いたんですか？」

チラッと視線を送ると、アトムさんはいつものようにニコリと笑みを浮かべた。

教えるのは別に構わないが、こうやって目立ち続けていると、いずれ精霊王の力もバレてしまいそうだな。そう思っていると、気付けばアリアが俺の身体に鼻を近付けていた。

「クンクンクン……」

「え？」

「君、変わった匂いがするね！　初めてだよ。それに一緒にいる人たちもかな？　亜人さんだったりする？」

「――――！」

ルリアたちが、びくりと反応する。

彼女たちは面倒を避けるため、現在、外を出歩く時のようにローブやフードで身体を隠している。

アトムさんに視線を向けるが、私が教えたわけではありませんと言わんばかりに首を横に振った。

「アリア！　初対面の人の匂いを嗅がないでって、いつも言っているでしょ」

「わー、叩かないでよ！　ただでさえ低い身長がもっと低くなっちゃう！」

「……アリアは亜人かどうか匂いでわかるのか？」

俺は思わず尋ねる。

「え？　うん、なんとなくね！　あーでも安心して？　私たち、亜人さんとも普通に話したことあるし、偏見とか全然ないからね！　もうすぐ来るおっきな人も、大丈夫だと思うよ！」

「おっきな人？」

噂をすればなんとやら。重々しい足音が聞こえてくる。それは、どしんという大きな音を最後に止まった。誰かがやってきて、扉の前で立ち止まったのだ。

既に開いている扉から、大男が軽く屈みながら入ってきた。

「悪いな、遅くなったぜ」

「でかっ……」

同じ人間とは思えないほどの身長、体格だ。

思わず口に出してしまうほど、筋肉質で高身長。それでいて身体よりも大きい大剣を背負っている。そしてその後ろには、ずらりと仲間たちが並んでいた。

「ガルドさん！　ひっさしぶりー！」

「おう、アリア。相変わらず元気そうじゃねーか。セシリーを困らせてねーだろうな？」

「大丈夫だよ！」

「どこが大丈夫なのよ……」

アリアの自信満々な返事に、セシリーは微かにため息をこぼす。

その様子を見て、大男は豪快に笑う。

「がっはっはっはっ！　大変そうだなー、お！　新しい顔がいるな。お前さんが例の新人か？」

「はい。アスクです」

「おう！　俺はガルドだ。この間はありがとよ！　お前さんがくれた情報と結界のお陰でなんとか悪魔の侵攻を乗り切れたぜ！」

「お礼なら俺じゃなくて、バーチェに言ってください。情報も結界も彼女によるものですから」

俺はそう口にしながら、バーチェに視線を向ける。

彼女はビクッと背筋を伸ばした。

「そうだったか。ありがとよ、悪魔の嬢ちゃん」

「――――！　知っているんですか？」

「俺はこれでも用心深くてね。初めてのやつと会う時は、事前に調べておくようにしているんだよ。なぁ？　アトムのおっさん」

「……ようこそいらっしゃいました、ガルド様」

教えたのはアトムさんか。

アリアたちには伝えていないのに、ガルドさんには伝えたのはどういう理由からだろう。

疑問はあるが、ともかくこれで。

「全員揃いましたね。ではこれより、対策会議を始めましょう」

俺たちは各々（おのおの）の席に着く。ただ、円卓（えんたく）に用意された椅子（いす）の数は十二席しかない。

アトムさんと代表ギルド職員が四席使い、アリアとセシリーで二席、その隣に俺たちがいる。

俺たち五人が座ると残りは一席。そこにはガルドさんが座った。一緒にいた彼のお仲間たちは後ろに立っている。

俺はガルドさんに尋ねた。

「彼らはいいんですか？」

「おう、構わねーよ。うちは他と違って大所帯（おおじょたい）だからな。今日も二十人連れているし、会議室に入れてもらえるだけで十分なんだ」

確かに多い。二十人ものメンバーたちが、ガルドさんの後ろにピシッと姿勢を正して列を作っている様はまるで、騎士団みたいだ。

俺とガルドさんの会話が終わったのを見計（みはか）らい、アトムさんは口を開く。

「本日はお集まりいただきありがとうございます。そして悪魔を撃退していただき、まことにありがとうございました。街の平和が守られたのは、皆様のお陰です」

「気にすんなよ、こっちも仕事でやってるわけだしな」

「そうそう！　私たちは正義の味方だからね！　いつでも頼ってよ！」

ガルドさんとアリアがそう言ったのに対し、アトムさんは笑みを浮かべる。

「心強いお言葉に感謝します。さて、今回集まっていただいた用件も、悪魔に関することでございます。事前に説明しました通りに話し合いを進めていきたいのですが、よろしいですか？」

アトムさんは一人ずつに視線を向け、確認を取る。

俺はあらかじめ、何について話し合うかは聞かされていた。

他の面々に目をやるが、問題なさそうだな。若干一名——アリアが疑問符を浮かべてセシリーに頭を叩かれているが……

「十年以上冒険者をやっているけど、悪魔の襲撃なんて初めてだったぜ。実際にいるんだな」

ガルドさんがそう言ったのに対し、アリアは元気よく口を開く。

「私たちは前に別の国で戦ったことがあるよ！　あの悪魔も強かったなー」

「一年前ね。あの時も街を襲っていたわ。目的はただ、暴れたかったってだけみたいだけど」

セシリーの補足に、ガルドさんが続ける。

「それが悪魔の本質だろうな。例外もいるみたいだけどよ」

そう言いながらガルドさんはバーチェを見る。その目つきは穏やかなもので、どうやら彼にも偏見や敵意はないらしい。

ガルドさんは見た目が怖いからバーチェはドキドキしているみたいだけど、悪い人じゃなさそうで安心した。

ガルドさんは続けて話し始める。

「一番はやっぱ警備の強化じゃねーか？　この前くれた結界を作り出す魔導具、あれを非常時に誰でも使えるようにするとか。もしくは常時展開しておくかだな」

「それだと出入りが大変じゃないかしら？」

「だったら悪魔だけ入れなくするとかできないのか？　あ、でもそれじゃ嬢ちゃんが困るのか？」

「敵意や害意を検知して、それに応じて結界が反応するよう設定する……」

セシリーとガルドさんのやりとりを聞きつつ、俺はぼそりと呟いた。ただの思いつきが口をついて出ただけだったのだが、皆の視線が集まった。

俺は、左隣に座っているバーチェに尋ねる。

「できるか？」

「まぁ材料があれば作れるぞ」

「マジかよ。そいつがあれば大分楽になるぞ！」

「すっごいね！　君は天才発明家だ！」

「そ、そうか？　まぁオレ様にかかれば余裕だけどな！」

ガルドさんとアリアに褒められ、バーチェはご満悦なようだ。

実際すごいことだろう。特定の条件下でのみ発動する結界、しかもそれを魔導具として誰でも使えるようにするのには、より高度な技術がいる。

バーチェは確かに、魔導具作りに関しては天才的だ。

「材料は何がいる？」

「えっと、ドラゴンの鱗だろ？　アイスゴーレムの心臓に、フェニックスの羽、それから……」

俺が聞くと、バーチェは次々と素材を挙げていく。するとガルドさんが呆れたような顔をする。

「どれもこれも貴重な素材ばっかだな」

しかし、アリアは朗らかに続ける。

「みんなで分担して集めればいいよ！　そのために私たちがいるんだしね！」

「それもそうだな。あとで分担を決めて集めに行くか」

「そうだねー！　これで安心だー！」

同意したガルドさんの言葉に、アリアは能天気に喜ぶ。

その様子を見てガルドさんはため息をこぼした。

「馬鹿野郎。これでも半分だ。街の防衛設備を整えるだけじゃ足りねぇ。俺たちの戦力強化も必須だろう」

「あ、そうだね。この前の悪魔も強かったなー」

「ああ、事前に備えられたからなんとか勝てたが、極大魔法を撃たれた時は死ぬかと思ったぜ。お前のほうはどうだったんだ？」

ガルドさんが尋ねてきたので、俺は、「え、俺は別に……」と口ごもってしまう。

特に苦戦はしなかったけど。

なんて本当のことを言っても、波風は立たないだろうか。

「アスクは余裕そうだったぞ。一方的にボコボコにしてた！　遠くからだったけど、見ててスカッとしたぜ！」

俺の代わりにバーチェが意気揚々と話してしまった。

「へぇ、そいつはすごいな」

「アスク君ってそんなに強いの？　私、戦ってみたい！」

「俺もぜひ手合わせ願いたいな。どうだ？　この会議が終わったらうちの街に来ないか？　でかいコロシアムがあるんだ」

「私も行く！　ガルドさん、抜(ぬ)け駆(が)けは駄目だよ！」

アリアとガルドさんは勝手に盛り上がっている。

ギルドとしては問題ないのだろうか。俺はアトムさんに視線を向ける。

「構いませんよ。皆様の研鑽(けんさん)は、我々ギルドにとっても有益ですし」

それを聞いて、ガルドさんとアリアは嬉しそうに立ち上がった。

「よし、おっさんの許しも得たし、やろうぜ！」

「おー！」

俺は「勝手に決まっていく……」と呟くしかない。

手合わせするのは俺なのに、口をはさむ間もなく話がどんどん進んでいくのだ。

会議というよりは雑談だな。

嫌な雰囲気じゃないし、堅苦しいのは苦手だからむしろ助かっているけど。

それに、俺としても彼らの実力に興味はある。そろそろ他の街にも行ってみたいと思っていたことだしな。

「あなたが決めていいわよ」

ルリアがそう言ってくれた。俺の気持ちを本当によくわかってくれる。

「じゃあ行くか。ちょっとした遠征だな」

サラエの街にやってきて三ヶ月余り。

俺は久々に、別の街に行くことになった。

第二章　砂漠の街

サラエの街から東へ進む。森林地帯を抜けて大きな岩がゴロゴロ転がる山道を進むと、広い道に出る。

この道は、商人たちが物資の運搬に使っている比較的安全な道だ。

ここまで来れば魔物に襲われる心配はない。強いて危険を挙げるなら盗賊が待ち構えている可能性だが……

「おうこら、てめぇら！　この大荷物は商人だろ？」

「荷物を全部置いてけ！　じゃねーとぶっつぶしちまうぞ！」

「はぁ……またか」

ため息一つ。

これで盗賊の襲撃は三度目だ。今現在、十数人の武装した男たちが、馬車の前に立ちふさがっている。それに対し、三台あるうちの先頭の馬車から姿を見せたのは、見上げるほどの大男――ガルドさんだ。

「お前ら、覚悟はできてるんだろうな？」

「ひっ！」

ガルドさんの見た目にビビりまくる盗賊たち。ついでにその後ろからアリアもひょこっと顔を出す。

「悪いことしちゃ駄目だぞー」

「このあたりにもいるんだな。盗賊って」

無用だとは思ったけど、俺もそう言いつつ一応馬車から降りて、戦う準備をしておく。

盗賊に同情する。俺たちは大所帯だが商人じゃないし、仮に金目の物を持っていたとしても奪えまい。

ここにはSランク冒険者が四人も揃っているのだから。


二分後……。

あたりには気絶した盗賊たちが転がっていた。

ガルドさんは、疲れた様子もなくパンパンと手を叩きつつ、口を開く。

「ったく、盗賊なんて辞めてまともに働きやがれ」

「そうだぞー。ちゃんと働けばお金を貰えるんだからね！」

「それをしたくないから盗賊をしているのでしょうね。哀れだわ」

「セシリー、あんまり悪く言わないでよ。今は悪い人たちでも、今度会ったらいい人になってるかもしれないからさ！」

そう言ってアリアは底抜けに明るく笑う。

それを見て、セシリーは盛大にため息をこぼした。

「そんなだから、あなたはすぐ他人に騙されるのよ」

「え？　私、騙されてたっけ？」

「……もういいわ。さて、ギルドには連絡したから、この人たちは縄で縛って放置しておきましょう。ここなら魔物も襲ってこないでしょうし」

俺たちは盗賊を縛り上げると、それぞれの馬車に戻る。すると馬車の中で待っていたルリアが聞いてくる。

「大丈夫だったの？」

「ああ、ただの盗賊だった。このあたりは商人がよく使うし、多いのかもな」

「それは物騒ね」

「そうだな。でも、あと少しの辛抱だ。まもなく到着するそうだぞ」

俺たちは今、ガルドさんの拠点、バングラドの街へ向かっている。

サラエ以外の街へ行くのは久しぶりで、俺は少しわくわくしていた。

「どんなところなんだろうな」

「サラエよりも少し狭いわよ」

「ん？　ルリアたちは行ったことがあるのか」

「ええ、依頼で何度か来ているわ。南に広い砂漠があって、定期的に砂嵐が街を襲うのが大きな特徴ね」

「砂漠かぁ」

俺はこれまで一度も砂漠を見たことがなかった。

サラエの街周辺に砂漠はないし、当然ながらマスタローグ家の領地にもない。

俄然、楽しみだ。

そういえば、ルリアたちと出会ったばかりの頃、砂漠地帯を好むはずのグランドワームとサラエの街近郊で交戦したことがあった。

もしかするとあいつが元々いたのはバングラドの方角だったのかもしれないな。


それから少しすると、太陽が西に沈み始める。

まばゆい光がオレンジ色に変わる一歩手前で、俺たちを乗せた馬車は目的地に到着した。

「ようこそ！　ここが俺たちの街、バングラドだ！」

ガルドさんの声を聞きながら馬車を降りると、そこにはサラエとは全く違った街並みが広がっていた。

建物一つ一つの背が高い。そしてそれらは鉱物や砂岩でできていそうだ。

更に最も特徴的なのが、全体的に丸みを帯びた建物が多いこと。

「変わってるだろ？　ここは砂嵐が多いから、角がすぐ削れちまう。だからある時期から、建築家が今の形で建てるようにしたんだとよ」

「なるほど。環境に合わせた作りなのか。考えられているなぁ」

感心しながら街並みを眺める。するとその中に、街の景観をぶち壊すような木造の建物が目に入った。

一目見ただけで、そこが何か理解できる。

「ギルドの外観はここでも一緒なのか……」

「どのギルドも、形や構造は全部一緒らしいぜ。砂嵐の時は魔法使いに頼んで、削れないようガードしてもらってるみたいだな」

「そこまでして外観を守りたいんですかね」

「何ものにも屈しないいっつーイメージを守りたいんだろうな。信念があるのは嫌いじゃねーよ」

信念というより過度なこだわりって感じだよな……

それからガルドさんは、仲間たちに馬車を停めてくるように指示を出し、残った俺たちに言う。

「よーし、先に荷物を移動させるか。この先に俺が管理してる宿屋がある。今日はそこに泊まってくれ」

「え、ガルドさんって宿屋の経営もしてるんですか？」

「まぁな。他にも武器屋とか酒場とか……いろいろやってるぜ」

「すごいですね……」

冒険者なのに、お店を経営してる……？　それは、Sランクの特権なのか？

俺はあまり常識を知らないから、わからない。確かめるように俺はアリアとセシリーを見た。

「ガルドさんが特殊なんだよー」

「基本的に冒険者でお店の経営をやりたがる方はいませんから。私が知る限りガルドさんだけですね」

「俺だってやりたいわけじゃねーよ。ただ、なんか成り行きでな。老夫婦がやってる店なんかを、継ぐやつがいないからって俺が買い取る、みたいなことをしてたらこうなったんだよ」

「それって……」

俺はアリアたちと視線を合わせる。

アリアがニコリと笑う。

「お人好しなんだよ、この人！」

「みたいだな」

見た目は大きくて怖いけど、やっぱりいい人なんだな。

俺たちはガルドさんの案内で宿屋を訪れる。宿屋は他の建物と同じく丸っこい外観だが、中はサ

ラエの街の宿と大差ない。

ただ、かなり大きくて、結構な数の部屋があるらしい。

ガルドさん曰く、普段から来客だったり、他の街から来た冒険者だったりがよく利用するそうだ。

さすがに一人一部屋使うのは、他のお客がたくさん来た時に申し訳ない。ということで俺、ルリアとバーチェ、リズとラフラン、アリアとセシリーという部屋分けになった。

荷物を置いたら全員で宿を出る。そして向かったのは……

「ここがコロシアムだぜ」

「でかい……」

案内されたのは、見上げるほど巨大なドーム型の建物。

おそらく街で一番大きな建造物だろう。街の中心に堂々とそびえたっている。

驚く俺の前に、アリアがひょこっと顔を出して言う。

「ここもガルドさんが作ったんだよ」

「そうなのか。Sランク冒険者って貴族より財力があるのか?」

「稼げる人は稼げるよ！　夢があっていいよね、冒険者！　ま、私はお金はあってもなくてもいいんだけど！」

「じゃあ何のために依頼を受けてるんだ?」

「それはもちろん、困っている人を笑顔にしたいからだよ！」

そう言って彼女は満面の笑みを見せる。綺麗ごとにも聞こえるセリフだが、彼女の表情からは嘘を感じない。心の底からそう思っているのだとわかる。

アリアが見せる底抜けに明るい表情は、彼女の心をそのまま映しているのだろう。

「さ、中に入ってくれ！　戦いたくて、ウズウズしてるんだ」

ガルドさんが好戦的な視線を俺に向け、握り拳を掲げながらそう言ってきた。

そんなに期待のこもった眼差しを向けられると、なんだか緊張する。

俺たちはガルドさんのあとに続き、コロシアムの中に入った。中は広く、天井は抜けている。

周りを囲むように観覧席が用意されていて、ベーシックなコロシアムといった内装だった。

「普段は演舞(えんぶ)だったり、大会だったりで使うんだがな。今の時期は何もなくて使ってないんだ。要するに使いたい放題ってやつだな」

既に戦う気満々なご様子だ。

話しながらガルドさんは屈伸運動をしたり、手足を入念に回したりしている。

「さ、やろうぜ」

そこに不満げな顔のアリアが割り込んでくる。

「あー！　待ってよ！　私だってアスク君と戦ってみたいのに！」

「早い者勝ちだ。そもそも発案者は俺だろ？　順番は俺からだ」

「うぅ……すぐ終わらせてよ！　待てなくなったら、乱入するからね！」

「邪魔してくれるなよ……」

プンプン怒って文句を言いながらもアリアは一番手をガルドさんに譲(ゆず)った。

「本当に戦う流れなのね」

「いいんすか？」

俺の隣で呆れた顔をするルリアと、心配そうに尋ねてくるリズ。俺はリズの頭を撫でながら答える。

「ああ。俺も彼らの力は見ておきたかったから、ちょうどいい」

「アスクさんも結構好戦的ですね」

ラフランにそんなことを言われるとは思わなくて、思わずドキッとする。

すると、バーチェが嬉しそうに言う。

「オレたち悪魔と一緒だな！」

悪魔と一緒くたにされるのは心外なんだが……

まぁ、好戦的であることは認めざるをえないか。

最近、全力を出せる機会が極端に減って、ストレスが溜まっている。サラマンダー先生の言葉をきっかけに、そのことを自覚したところだしな。

皆の前だから全ての能力は使えないけど、思いっきり身体を動かすだけでも気晴(きば)らしになる。

「始めましょうか。ガルドさん」

「おう！　ルールは特に決めなくて平気か？」

「はい。そちらが満足するまで戦いましょう。もちろん手加減は不要です」

「余裕だな。そんじゃ遠慮なくやらせてもらうぜ」

ガルドさんは背中に担いでいた大剣を抜き、構える。

大剣には特徴的な文様が描かれている。

更に、魔力を纏っている。おそらく普通の剣ではないだろう。

対する俺が構えるのは、ノーム爺の力で作った剣。ずっと使っているから愛着があるし、握り心地もしっくりくる。

「そんじゃ行くぜ！」

そう言うなり、ガルドさんは地面を蹴って接近してくる。予想よりずっと速い。ただし速度だけであれば、リズのほうが上だろう。

ならば筋力はどうか。俺は試すようにガルドさんの大剣を剣で受ける。が、これが間違いだった。

刃同士が触れ合った瞬間、異様な金属音が響き、俺の剣にひびが入るのが見えた。

「――！」

咄嗟に後ろに跳ぶのと同時に、こちらの剣が完全に折れる。

ガルドさんの大剣はそのまま俺が立っていた場所を直撃し、地面を粉々に粉砕した。

「これは……振動？」

「さすがだな！　一発で気づいたのか！」

俺は折られた自分の剣を見る。受け止めた瞬間、両手に激しい振動を感じた。その振動に抗うように力を込めたが、気づけば刃が砕かれていた。地面の削れ方も普通じゃない。

「……刃先が高速振動しているのか」

「正解だ！　このグランドイーターは、斬るんじゃなくて削る！　ただの剣じゃ防御できないぜ」

「なるほど……」

やっぱり、特殊な能力を持つ魔剣だったか。

お気に入りの剣だったのに、折られてしまったな。

「気にするでない、アスク坊。刃などいくらでも作り直せる」

「ありがとうございます、ノーム爺」

今ので理解した。剣での攻防はこちらが不利。仮に刃を作り直しても、打ち合えばまた折られるだけだ。だったら……

「ん？　剣は使わないのか？」

「ええ、こっちのほうが戦いやすそうなので」

俺は剣を鞘にしまい、無手で構えをとる。

「素手もいけるのか！」

「なんでも使えますよ。身体能力には、昔から自信があるので」

俺は魔力を持たない代わりに、普通の人間よりも身体能力が高い。

王様たちとの出会いをきっかけに自身の肉体の異常性を知った俺は、器としての強度を高めるため、更に鍛錬を続けた。

より強い力を行使するためには、高い強度の器が必要になる。

王様たちの強大な力を使い熟せるように、彼らの力を受け止められるだけの肉体を手に入れようと思ったのだ。

その過程で俺は、様々な武器や武術の訓練を取り入れた。当然、無手での戦闘法もお手の物だ。

「行きますよ」

「――！」

さっきの攻防でガルドさんの速度は把握した。俺よりは遅い。

地面を蹴り、正面から攻撃する――と見せかけて身を翻し、ガルドさんの右側面に回る。

そして彼が反応するよりも早く、拳を脇腹に叩きこんだ。

「おうっと！」

「――！」

ガルドさんは横に吹き飛ぶが、空中でくるりと体勢を整え、危なげなく着地する。

派手に吹き飛んだものの、本人にダメージは少ないようだ。

「さすがに速いな。一瞬で見失ったぜ」

「……」

俺は自分の拳に視線を向ける。

今の攻撃では、手加減こそしたがそれなりの力を込めていた。だけど拳に伝わった感触が不自然に軽い。

まるで中身が空っぽな袋を殴り飛ばしたような……

どう考えても、普通に人の身体を殴った感覚じゃなかった。

「不思議か？　俺の身体が。……けど、種明かしはしねーぞ」

「大丈夫です。戦いながら考えるので」

「そうか？　そんな余裕があるといいな！」

ガルドさんは大剣を地面に叩きつける。

その衝撃でひび割れ、浮き上がった石の破片を大剣ですくいあげ、俺に向けて投擲（とうてき）してくる。

この程度では俺にダメージを与えられないことは、ガルドさんもわかっているはずだ。これは、おそらく目くらまし。

その予想通り、思わず目を細めてしまった瞬間、ガルドさんの姿が消えた。

気配を頼りに上を見ると、ガルドさんが剣を振り下ろすところだった。

受ける剣がない今、俺の選択肢は回避のみ。

「――！」

しかし、唐突に足が重たくなる。否、足だけではなく全身がずしっと重い。まるで身体中に鉛（なまり）を巻きつけられたように。

「そらよ！」

すかさずガルドさんが大剣を振り下ろした。

一瞬の遅れのせいで、回避は不完全。仕方がなく俺は素手で大剣の腹に触れ――攻撃を側面から弾く。

「――！　今のを弾くのかよ」

「……」

使うつもりのなかった、シルの能力。

高速で振動している刃に素手で触れたら、側面であれ大変なことになっていただろう。だから手掌の周りの空気を圧縮して、大剣に触れる瞬間、一気に拡散させて弾き飛ばしたのだ。

大剣の軌道がそれ、地面を抉る。

攻撃はなんとか防げたが、まだ身体が重い。

「重力か」

「気づいたか。正解だ」

一定領域内の重力を操る魔法、グラビティースペース。

それを使えば、任意の一定範囲内の重力を操作し、対象を押しつぶしたり動きを抑制したりできる。

俺の初撃を防いだのはその応用。効果範囲をあえて自分だけに限定することで魔力を集中させ、効果を底上げした。そして、自分を軽くすることでダメージを逃がしたのだろう。

それだけじゃない……

「触れたものにかかる重力を自動で軽くしているんですね」

「理解が早いな。自分が軽くなるだけじゃ吹っ飛ぶだけだからな。俺に触れた物体が軽くなるよう、身体に魔法効果を付与していたのさ」

「器用ですね。見かけによらず」

「よく言われる。けど、俺は大胆なほうが好きだぜ！　こんな感じになぁ！」

空気が、地面が波打つように振動する。一瞬にして押しつぶされるような重力を全身に感じる。

繊細な操作を捨てることで効果範囲を一気に広げ、あたり一面に重力場を形成した。

「種明かしもされちまったしな！　こっからは出し惜しみなしだぜ」

「っ！　中々これは――」

「きついだろ？　並の人間なら立っていられないほどの重さなんだが……よくまだ構えてられるな」

体感的には普段の十倍かそれ以上に身体が重い。ガルドさんは感心しているが、立っているので精一杯だ。

俺も、腹をくくろう。この人は強い。俺が前に戦った悪魔よりも一段上の実力者だ。

「……使わずに勝つのは無理だな」

俺は大きく拳を振るう。ただしガルドさんにではなく、自分の足元に向かって。

「――！　まさか！」

地面を叩き割り、地中に潜る。

「気付きやがったか！」

そう、この魔法の効果が及ぶ範囲は地上に限定されている。

もし地中にまで効力を及ぼせるのなら、地面を崩壊させて動きを制限し、仕留めにかかるだろうが、それをしていないのがいい証拠だ。

つまり、地中に潜れば、ガルドさんの力は届かない。

「ちっ……」

実力者たるガルドさんが、無意味な攻撃を続けるわけはない。案の定、魔法を解除し、効果範囲を自身の身体だけに戻したのが、魔力の動きで伝わってきた。

「行きますよ、ノーム爺」

「ほれ来た。祭りじゃ」

「うおっ、こいつは――」

俺は地中に潜ったまま、ノーム爺の力を借りてコロシアムの地形を操る。

ガルドさんの足元に巨大な土の顎を生成し、噛みつきにいかせる。

しかし、ガルドさんはいち早く気づいて上へ跳び、難を逃れた。

「くっ！　こんなこともできんのかよ！　これは一体なんだ⁉」

そんな風にガルドさんが戸惑っている間に、俺はすぐに次の手を打つ。

ガルドさんの着地地点に複数体の、大男のような体格の土人形を生み出した。それらは、着地しようとするガルドさんに、一斉に襲いかかる。

「はっ！　おもしれーな！」

ガルドさんは大剣を振り下ろしながら着地した。それからも大剣を振り回し、土人形を次々に破壊していく。俺はそれを見て、更に土人形を生成する。

絶え間なく増え続ける人形に難なく対処しながら、ガルドさんは不敵に笑った。

「それじゃ俺は倒せねーぜ！」

「わかっていますよ」

「――!?」

さすがのガルドさんも、反応できなかったようだ。砕けた土人形の中から、突然飛び出してきた俺には。

「人形に紛れて――」

「今度は逃がさないですよ」

ガルドさんに触れれば、俺の身体は軽くされてしまい、攻撃の威力を軽減されてしまう。

だが、触れずに攻撃する方法はいくらでもある。たとえばそう、大剣を弾いた時のように、手掌に空気を圧縮させて――

「吹っ飛べ」

一気に拡散させる。

「ぐはっ――！」

ガルドさんは豪快に吹き飛び、コロシアムの壁に激突した。

自重の調整が間に合わず、ダメージを逃がすことができなかったのだろう。

「……っ、効くなぁ」

「今のを受けて平気なんですね」

恐れ入った。ガルドさんはうめき声を漏らしながらも、しっかりと立っている。

「平気じゃねーよ。今ので頭がグワングワンしてるっての」

「脳が揺れているんですよ、きっと。それで立っていられるなんて常人じゃないです」

「ギリギリだよ。……あーあ、俺の負けだ」

ガルドさんはそう言うと、尻もちをついた。そして清々しく笑う。それは十分満足したと言いたげな、笑みだった。

「強いな、お前は」

「ガルドさんだって。面白い戦い方でした」

俺も久々に楽しめた。自信満々で襲ってきながら俺に瞬殺された悪魔より、ガルドさんはずっと強かったからな。

素直に感心した。俺のように偉大な王たちと契約したわけでもない普通の人間が、ここまで強くなれるのかと。

「二人とも、すごーい！」

そんな声を上げながら、いち早く近付いてきたのはアリアだった。

彼女は無邪気に跳びはねている。

「ガルドさんの本気、久しぶりに見た！　アスク君、すごいね！　魔法も使えるなんて！」

「まぁ一応、人並みには」

俺が謙遜すると、ガルドさんは呆れたような顔をする。

「今のを人並みとか言うんじゃねーよ。こっちが凹むから」

「すみません。得意ですよ、今は」

俺の力ではなく、俺の中にいる偉大な王様たちの力を借りているにすぎないから、あまり自分で得意だとは言いたくはないが……とはいえ、ただの魔法だと勘違いしてくれるぶんには助かる。

そんな風に胸を撫で下ろしていると、不意にアリアが顔を寄せてきた。

そして俺の顔をジーッと見ている。

「うーん……でも、なーんか魔法とは違うようなぁ」

「……気のせいだろ」

「そうかな？　気のせいか！　じゃあいいや！」

「……」

彼女はもしかして、ただの馬鹿なんじゃないだろうか……

素直すぎる。お陰で助かったけど。

「じゃあ次は私！　私の番！」

「おい、アリア、アスクは戦ったばかりなんだ。ちょっと休ませてやれ」

「えぇー！　あんなすごい戦いを見てお預けなんて、無理だよー。戦いたい戦いたい、戦いたーい！」

「子供か、お前は」

腕をバタバタ振って駄々(だだ)をこねるアリアと、それを見て呆れるガルドさん。そこにセシリーがため息をこぼしながら近付いてきた。

そして、アリアの頭をポカッと叩く。

「我がまま言っちゃ駄目でしょ」

「ぅうー、だってさー」

「俺は別にいいですよ。連戦でも」

「本当!?」

少し可哀想になって俺がそう言うと、しょぼくれていたアリアが目を輝かせた。

またしても顔が近い。

「あ、ああ。俺はいいよ」

「ねね!　アスク君もそう言ってるよ!」

「……はぁ、彼がいいなら、私からは何も言いませんが……」

「やったー!　アスク君、ありがとう!」

セシリーが渋々頷くと、アリアは嬉しさを全身で表すように跳びはね、そのまま思いっきり抱き着いてくる。

これには俺もビックリして身をよじる。ルリアの視線が気になった。

ルリアはいつも通りに見えるが……どこかムスッとしているような……。

「わ、悪いけど離れてくれ」

「え?　あー、ごめんね。嬉しくってつい。嫌だったかな」

「そういうわけじゃないんだが……あとが怖いんだ」

「ん？　よくわからないけど、まぁいいや！　早速始めようよ！」

戦いたくてウズウズしているアリアは、駆け足で距離をとる。

切り替えが早いというか、気分の浮き沈みが激しすぎるというか。

どことなく、リズだけでなくバーチェにも似ている気がした。

バーチェがもう少し大人になったら、あんな感じなのだろうか、と。

「な、なんだよ」

そんなことを思いながらバーチェのほうをじっと見ていると、バーチェが訝しげな、けれど少し照れたような口調で返してきた。

「いや、なんでもない」

やっぱりバーチェとも違うな、なんとなく。

見ていて退屈しないのは一緒だけど。

そんな風に考えていると、アリアが「早く早く！」と急かしてくる。

「わかってる」

十分に距離が取れたことを確かめてから、お互いに構える。彼女は腰の剣を抜いた。

綺麗な剣だ。見惚れるほど美しい純白の刃……というだけじゃない。

この感覚はまるで……

俺の思考に続けるように、サラマンダー先生が忠告してくる。

「気をつけろ、アスク。あれはただの剣ではない。聖剣と呼ばれる類のものだ」

「聖剣……あれがそうなのか」

悪魔に対抗する人類の最終兵器。あらゆる障害、悪を斬り裂く勇者の剣――聖剣。

王国が管理しているという噂だったが、世に一本しかないというわけではなかったのか。

そして、聖剣に選ばれた者は、こう呼ばれる。

「勇者、か」

アリアはガルドさん以上に手強い相手かもしれない。俺は気を引き締め直し、剣を強く握り直した。

「それじゃ、行っくよー！」

そう言ってアリアが走り出そうと身を屈める。

――瞬間、異様な音が響き渡った。地響きとも風とも異なる轟音……

「二人とも、中止だ！　今すぐコロシアムから離れるぞ！」

「ガルドさん？　どういうことですか？」

「えぇー、なんでぇー！」

珍しく焦ったように叫ぶガルドさんに、俺は驚き、アリアは不満げな声をあげた。

「この音は砂嵐だ。しかもかなりでかい。ここは天井が開いてるから、下手すると砂で埋まっちまうぞ」

音はどんどん大きくなり、近付いてくる。シルも慌て始める。

「すごい突風が来るヨ！」

俺は唾(つば)を呑(の)む。

「これは本気で逃げたほうがよさそうだな」

「やっと戦えると思ったのにー」

「また今度だ。今は逃げるぞ」

俺は駄々をこねるアリアの手を握り、強引に引っ張る。

そのまま外に出て、全速力で宿屋のほうへ走った。背後に特大の砂嵐が迫っているのが見える。

街の外に人影はなく、住民たちは既に屋内へ避難しているようだった。

「そら、逃げろ！　生き埋めになるぞー」

ガルドさんの声が響く。

こうして俺たちはいきなり、砂漠の街の洗礼を受けた。

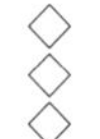

「あーあ～、砂嵐のせいで戦えなかったよ」

「まずはみんな無事だったことを喜びなさい。戦うのはいつでもできるでしょ？」

「今がよかったのに～」

「もう、この子ったら」

砂嵐にのまれる前になんとか宿屋に帰還した俺たちは、一緒に夕食をとっていた。

アリアはずっと不満たらたらで、窘めるセシリーは大変そうだ。

砂嵐は現在進行形で続いている。少し風が治まってきたようだが、まだまだ外には出られそうにない。

閉じた窓から聞こえる砂嵐の音に耳を澄ましながら、ガルドさんは安堵したように言う。

「この分なら明日には治まってるだろう」

「本当？　じゃあ明日再戦だー！」

喜ぶアリアに対し、ガルドさんは首を横に振った。

「それは無理だな」

「なーんでぇー！」

「砂嵐の規模的に、コロシアムは砂まみれになっているはずだ。明日の朝にはまだ使える状態じゃないんだよ」

ガルドさんが言うことには、砂嵐はひどい時は数日続き、街全体を砂で埋もれさせたこともあるそうだ。今回はそれに比べればマシだけど、それでも砂の量は多い。そこそこの被害になるだろうと予想しているんだそう。

雪が降った日には雪かきをすると聞いたことがあるが、砂漠の街では砂かきが必要になるらしい。

明日は砂嵐が治まり次第、みんなで砂を退かす作業をしなければならない。

「明日は一日、その作業で潰れる。悪いが、お前たちも協力してくれよ」

「もちろん、いいですよ」

俺が頷くと、ガルドさんはニッと笑った。

「助かるぜ。しっかし、タイミングが悪かったな」

「ホントだよ〜。今度砂嵐が起こったら、私が斬ってやるんだから」

アリアはそんな風にプンプン怒っている。……かと思えば、急に笑顔になった。

きっと今食べた料理が口に合ったのだろう。コロコロと表情が変わる様子は、見ていて飽きない。

「アリアのこと、ずいぶんと楽しそうに見ているわね」

「え？」

不意に隣から、ルリアが話しかけてきた。

「コロシアムで、抱き着かれていたでしょ？　ドキッとした？」

「……いや、むしろ今した」

全く別の意味で。

明らかにルリアは不機嫌(ふきげん)だ。いつもより声が低いし、目を合わせてくれない。今だって、こちらではなく正面を向いているし。

俺は恐(おそ)る恐(おそ)る確認する。

「怒ってる？」

「なんでそう思うの？」

「いや、だってその……不機嫌そうだし」

「別にいつも通りよ」

「そうですか」

全然目を合わせてくれない時点で、絶対普段通りじゃない。

やっぱり抱き着かれたのは駄目だった。俺たちは夫婦なんだから、他の女性と接する時は気をつけないと。

そう反省していると、ルリアが俯いて言う。

「ごめん。本当は、ちょっと気にした」

「ルリア？」

「別に、他の子と仲良くしてもいいわ。いいけど……気にはするから」

ルリアは弱々しく声を落としながら、恥ずかしそうに頬を赤らめる。

そんな横顔を見せられて、俺はいっそう深く反省した。

「気をつけます」

「……ええ」

◇◇◇

翌朝。ガルドさんが言った通り、外は砂で埋もれていた。

俺たちはスコップを手に宿屋の外に出る。

「よーし、そんじゃ始めるぞ！」

ガルドさんの掛け声で一斉に作業が始まった。

たった一晩で、砂は俺の目線の高さくらいまで積もっていた。かき分けないと道に出ることすらできない。そもそも道自体が埋もれてしまっているから、宿の周辺が片付いたら、近隣の住民と協力してそちらもどうにかする必要がある。

「すごい量ですね」

スコップを動かしながら、俺は気の遠くなる思いでそう言うが、隣で作業しているガルドさんはあっけらかんとした様子だ。

「これでも少ないほうだぜ。ひどい時はまるっと家が埋もれるからな」

か、過酷すぎる……。

「よく暮らしていけますね」

俺は思わずそう漏らす。

「みんな慣れちまってるからな。俺も生まれがここだからよ。小さい頃から砂と向き合ってるし、これくらい屁でもない」

「ガルドさん、出身もバングラドだったんですか」

「おう。ここを拠点に冒険者稼業をしてるのは、生まれ育ったこの街に恩返しがしたかったからだよ」

ガルドさんは砂をかき分けながら、背中越しに思い出話をしてくれた。

ガルドさんはご両親を早くに亡くし、おじいさんとおばあさんに育てられたらしい。

小さい頃からこの街で過ごしたガルドさんは、砂と向き合いながら懸命に生きる街の人たちを見てきた。

老人にこの作業はきついだろう。もっと楽をさせてあげたい。

そう思った彼は身体と精神を鍛え、技を磨いた。身近な人たちに楽をさせて、街をもっと過ごしやすくするために。

俺たちが泊まっている宿屋も、元は取り壊す予定だったものを彼が買い取って経営を続けているらしい。

それだけじゃない。この街には、彼が繋ぎ留めたものが多くあるのだろう。

「あー、そうだ。この作業が終わったら俺の馴染みの武器屋に行くぞ。剣、折れちまっただろ？新しいのを買ってやるよ」

ガルドさんは不意に、そう言ってくれた。

「え、いいですよ、そんなにしていただかなくても」

「遠慮すんな。せっかく俺の街まで来てもらったしな。お礼、兼、土産だと思ってくれ。剣に愛着があるなら打ち直して貰うのもアリだ。そこの鍛冶屋のおっさん、年は取ってるが、腕がいいんだよ。俺のグランドイーターも定期的に診て貰ってるしな」

「魔剣を診られるなんて、すごいですね」

「だろ？　お前が気に入る剣もあると思うぜ」

ガルドさんは豪快に笑う。その背中は大きくて頼もしい。

ほんの少しだけ、懐かしさを感じた。似てはいないはずなんだけどな。

ガルドさんを見ていると、兄を思い出すんだ。

「ん？　どうかしたか？」

俺が感傷に浸って黙り込んでいると、不思議に思ったのかガルドさんが振り返った。

俺は自然と笑いながら言う。

「……ガルドさんって、いい兄貴って感じがしますね」

「そうか？　ま、歳もそれくらいだしな！」

そう言って太陽のように眩しく笑う。

大きくて優しく、あたたかい。それがガルドさんの印象だった。

この人と仲良くなりたい。

俺には珍しく、何の含みもなく、本心からそう思えた。

彼にはあるのだろう。

人を惹きつける魅力が。

第三章　勇者の証

砂かきを終えたのは、作業開始から八時間後だった。

もうすっかり夕暮れ。西の空に太陽が沈んでいくのが見える。

「お疲れさん！　お前らのお陰で一日かからず終わったぜ！」

ガルドさんは上機嫌だ。彼曰く、普段だったらこれくらい砂が積もった時は、宿の正面を掃除するだけで一日かかるらしい。

それが夜になる前に、周辺の道まで片付いてしまったから嬉しいのだろう。

「しっかしなんでだろうな。さすがに早すぎる気がすんだよな。人手が増えたっつっても数人なんだが」

「なんだか途中から砂が少なくなった気がするんだよねー」

疑問を口にするガルドさんに続いて、アリアが腕組みしながら呟く。

俺はドキッとする。

実は途中から面倒になって、ノーム爺の力をこっそり使っていたのだ。

高く積もっている砂を下のほうから徐々に街の外へと動かしていた。少しずつしか動かしていないし、気付かれないだろうと思っていたのだけど、普段砂かきしているガルドさんはともかく、アリアが想定以上に鋭い。

「別に隠す必要はなかったのではないかのう。悪いことをしているわけでもなかろうに」

「そうなんですけど、街のみんながこれまで頑張ってきたって話を聞いたあとだと、なんだかズルをしている気になって」

「わからなくもないがのう」

ノーム爺はちょっぴり悲しそうだった。ノーム爺の力がズルだと言っているように聞こえてしまったのだろうか。

そのことに気付いて、「ノーム爺の力を否定しているわけじゃないよ」と小さな声で言い訳をする。誰にも聞こえないように。

「……」

「どうかしたの？　アリア」

後ろから、セシリーがアリアにそう尋ねているのが聞こえる。ぼーっとしていたのだろうか。

「なんでもないよ！　あーお腹減ったー」

この時俺は、アリアがじっとこちらを見ていたことに気付いていなかった。

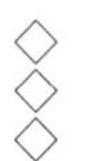

翌日。俺はガルドさんに勧(すす)められた通り、武器屋に足を運(はこ)ぶことにした。

本当はガルドさんも一緒に来る予定だったのだけど……

昨晩ガルドさんは気まずそうな顔でこう言った。

『悪い。明日なんだが、ギルドのほうで急用だ。一日留守にする。武器屋のおっさんには俺のほうから連絡を入れとくから安心してくれ』

ということで、ガルドさんは不在。彼抜きで武器屋に向かうことになった。

「ぶっきやー、ぶっきやー、ぶーきーやー」

「楽しそうだな」

わくわくした様子のアリアを見て俺がそう呟くと、セシリーがうんざりしたように言う。

「これがアリアの普通なのよ。本当に楽しい時はこんなものじゃないわ」

「このテンションで普通なのか……」

武器屋へは、俺のパーティーメンバーとアリアとセシリーの計七人で向かっている。

用があるのは俺だけだから、パーティーメンバーはともかく、二人まで一緒に来る必要はなかったのだけど……。

『暇だから一緒に行きたい』とアリアが言い出し、俺たちとしても特別拒む理由はないので、一緒に行動することになった。

セシリーはアリアの監視役だ。俺たちの邪魔をしないように再三アリアに言ってくれている。

とはいえ、一緒に来ること自体はすんなり受け入れたところを見るに、セシリーも暇を持て余していたのだろう。

コロシアムは今はまだ砂が溜まっていて使えないし、そもそもガルドさんが今日は忙しそうで、訓練とかそういう雰囲気でもない。つまり当然やることもない。

「あーあ、身体動かしたいなー」

「我慢しなさい、アリア。急に暴れ出したら怒るわよ」

「そんなことしないよ！　セシリーは私をなんだと思ってるのさ！」

「子供ね」

「はっきり言わないでよね！」

アリアとセシリーは仲のいい姉妹みたいで、そのやり取りは見ていてほっこりする。

そんなことを考えていると、ふとルリアの視線を感じた。

「微笑ましいなって思って見てただけだからな？」

「ふーん」

ちょっぴり不機嫌だ。俺がアリアたちと仲良くしたり、気にかけたりすると、彼女は焼きもちを焼く。

気を付けなければと思いつつ、実は少し嬉しくもある。ムスッとするルリアも新鮮で、悪くないなんて思ってしまうんだ。

不意にリズが指をさす。

「あ！　あそこっすよ！」

どうやら、いつの間にか目的地に到着していたらしい。

目の前にあるのは小さな工房だった。建物の基本的な作りは周囲と同じだけど、外観がところどころ鍛冶屋っぽくメタリックな感じにアレンジされている。

それになんだか……

「古そうだな」

「おいバーチェ、失礼なこと言うなよ」

「わ、わかってるよ」

まぁ、俺も彼女が言ったことと同じ感想を抱いたから、あまり強くは怒れなかった。

実際、周辺の建物と比べて年季を感じる。

ガルドさんも、鍛冶屋のおじさんは年を取っているが、腕がいいと言っていたな。

さて、早速入ろうか……というところで思い出す。

昨晩、ガルドさんが行けない旨を伝えてきた時に、正面ではなく裏手から覗いたほうが気付いてもらえると教えてくれたんだった。

俺たちはぐるっと店の反対側に回る。

カン！　カン！　カン！

「ひっ！」

大きな金属音が響き、バーチェがびくりと反応した。

俺も少し驚く。今まで聞いたことがないほど大きくて、鋭い音だった。

音が聞こえた先にあったのは、店の裏手の鍛冶場。まだ入ってすらいないのに、そこからは強烈な熱気が伝わってくる。

金属音が、やんだ。

入口から中を覗くと、腕まくりをした一人の老人が、熱した鉄と向き合っていた。

「あの、すみません」

「……」

声をかけたが無反応。おじさんは熱した鉄をじっと睨んだまま固まっている。

気持ち声を大きくして尋ねてみる。

「あのー、ガルドさんに紹介されて来たんですけどー」

「……」

やっぱり無反応。よほど集中しているのか、それとも、ピクリとも動かないところを見ると、目を開けたまま気絶しているとか？

さすがにそれはないとは思うが、そう不安になるほどおじさんは微動だにしない。

そういえばガルドさんは、集中していると極端に耳が遠くなる人だとも言っていたが……。

「仕方ないな」

仕事の邪魔をするみたいで気は進まないが、このまま待ち続けていても仕方がない。

思いっきり大きな声で、叫ぶことにした。

「聞こえてますかー！」

「うるせぇぞ、ごら!!」

「ひぃ！」

ようやくおじさんが反応してくれた。ただ、ものすごくお怒りな様子でこちらを睨んでいる。

バーチェとリズはビックリして、俺の後ろに隠れてしまう。

「オレの仕事の邪魔を——ん？　なんだお前ら、見かけねー顔だな」

「別の街から来ましたからね。ガルドさんの紹介で、剣を打ち直しに来ました」

「ああ……そういや来るって言っていやがったな」

おじさんはポリポリと頭をかく。

熱した鉄を窯（かま）に入れ、のそっと立ち上がって鍛冶場から出てくる。

「どれだ？　打ち直すのは」

「あ、はい。これです」

大丈夫なのかこの人。さっきの怒声（どせい）には驚かされたけど、気だるげでやる気がなさそう……。

ガルドさんの紹介だから、腕はあると思いたいけど。

不安になりながら、折れた剣を手渡す。

「――！　おい小僧（こぞう）。この剣、誰が打った？」

剣を受け取った途端、おじさんは大きく目を見開いてそう聞いてきた。

「え、いや、わからないです。拾い物なので」

「そうか……小僧、お前、相当な強運の持ち主（ぬし）だな。こいつは掘り出し物だぞ。オレですら見たことがねぇような金属でできていやがる」

「――！」

このおじさん、一目見ただけで気付いたのか？　俺の剣が通常とは違う逸品（いっぴん）であると。

「こいつは腕が鳴るな」

「……」

この人ならきっといい剣を作ってくれる。俺はそう確信した。

おじさん――ミゲルさんは、この街一番の鍛冶師と呼ばれているらしい。

鍛冶場に俺らを招き入れるや否や、彼は早速作業を始めた。

「いいんですか？　別の仕事の途中だったんじゃ……」

「あれは失敗だ。どうせやり直すことになるからいいんだよ。それに、こっちのほうが面白そうだからな」

念のため確認すると、ミゲルさんはそう言ってニヤリと笑みを浮かべた。仕事に対しての義務感より職人としての好奇心が勝っている感じだ。

俺が手渡した剣は、ノーム爺の力で複数の特別な金属を合成し作り上げた一振り。

強度も切れ味も一級品で、そこらへんで売っている剣とは比べ物にならない。改めて、そんな剣をへし折ったガルドさんの力に感服する。

「こいつはおもしれぇな。複数の金属が混ざってやがる。けど、これ以上ないくらい上手く調和していやがる」

「そういう風に作ったからのう」

ノーム爺が嬉しそうに口を挟んでくる。

「誰が作ったか知らねぇが、相当な腕の持ち主……同じ鍛冶師としてぜひ話を聞きたいところだぜ」

「ワシは構わんぞ。アスク坊が許してくれればな」

……さすがにそれはできかねるな。

ノーム爺はミゲルさんの作業に興味津々だ。

かくいう俺も、鍛冶場に入るのは生まれて初めてで、実際に剣を作る現場は見たことがない。

普段は邪魔になってしまわぬよう中には入れないそうだけど、今回は特別に見学を許されている。

貴重な体験をさせてもらえて、感謝だな。

ミゲルさんは作業を始めると集中して、俺たちのことなんて見えていないようだ。俺たちは邪魔をしないよう見守る。

アリアは完成が待ちきれないのかそわそわと動いて、セシリーに何度か止められていた。

「綺麗ね」

隣で、ルリアがぼそりと呟く。

ハンマーで叩かれ、熱を帯びた金属から、火花が散る。

それはとても綺麗で、俺も思わず見入ってしまう。

ただの金属の塊が何度も叩かれ、伸ばされて、鋭い刃に変化する。その工程は魔法みたいだが、職人の技によるものなんだよな。一種の芸術だとすら思う。

俺たちは食い入るように見学を続け――気づけば夕暮れ。

ミゲルさんはようやく集中を解き、大きく息を吐いた。その手には一振りの美しい剣が握られている。

俺に、その剣が手渡される。

「形は元のままだが、打ち直した分、切れ味は増してるはずだ」

「ほう、これは……」

まじまじと刃を観察するノーム爺。ミゲルさんは説明を続ける。

「素材の金属は高品質だが、如何(いかん)せん刃にするには不純な物も混じっていたからな。取り除いてやったぞ」

「ふむ、確かにより洗練されておる。これは驚いた。人間の技術も侮(あなど)れんのぅ」

ノーム爺が感心するのを見て、俺も改めてそのすごさを実感した。

「そんなこと、できるものなんですね」

「当たり前だ。オレはこの道五十年。それくらいできなきゃとっくに廃業(はいぎょう)だ」

一つのことを五十年も……。積み上げる大切さは俺もよくわかっているつもりだ。

しかしミゲルさんに比べれば、俺がこれまで積み重ねた十数年の努力なんて大したものじゃない。

「……この剣、早く試したいですね」

「それならちょうどいいな。すぐにその機会は訪れると思うぞ」

「え？」

「ガルドのやつが、今朝慌ててやがったからな。ありゃー、大仕事を持ってくるぜ」

ミゲルさんが言っていたことの意味を、俺たちは帰宅してすぐに知ることになる。

「お前らに協力してもらいたい依頼がある」

宿屋に帰宅した俺たちは、すぐさまガルドさんに集められた。

その上で発されたのが、先ほどの台詞だ。

ガルドさんは、いつになく真剣な表情をしている。

「依頼ですか？」

俺の言葉に、ガルドさんは頷く。

「ああ、緊急の依頼だ。それに加えてSランク案件だぜ」

「緊急ってことは、強敵が攻め込んでくる……とかですか？」

「厳密には違うが、まぁそんなところだ」

ガルドさんは一枚の依頼書をテーブルの上に置く。そこには驚くべき情報が書かれていた。

アリアとリズが声を上げる。

「ドラゴンと」

「フェニックスが」

「「喧嘩してる!?」」

それに苦笑しつつ、ガルドさんが続けて説明する。

「正確には縄張り争いを、ここから東に行った山脈の奥地でやってるらしい」

「……そんなことあるものなの？　ドラゴンとフェニックスが元々同じエリアにいたってこと？」

ルリアが口にした疑問に、ガルドさんが首を横に振る。

「いいや、どっちも別の場所から来たんだろう。生息地域が被ってるなんて報告、聞いたことねぇしな」

「つまり、偶然棲処を変えるタイミングと場所が重なって、争うことになったってことね。信じ難い話だけど」

セシリーが簡単にそうまとめた。

ドラゴンとフェニックス――どちらも伝説として語られるほど強い魔物だ。いや、魔物というよりその更に上、神獣と呼ばれる類の生物。

彼らは基本的に、特定の縄張りから移動することがない。ただ、環境の変化やその時の状況によっては、数十年に一度移動することがあると言われている。

そのタイミングが、偶然重なった。

「迷惑な偶然だぜ。お陰でその山脈にいた魔物たちが逃げ出して、俺らが使う街道付近に流れこんじまってる。そのせいで商人たちが荷物を運べないんだ」

「じゃあ依頼内容は、その二体の討伐ですね？」

俺が確認すると、ガルドさんは大きく頷く。

「ああ、そういうことだ。ただ、俺は別件でもう一つ面倒な依頼があってな。どうしてもそっちに行かなきゃならねえ。それで、こっちはお前らに頼みたいんだ」

「もちろん、いいですよ。どのみち例の魔導具を作るために、その二体の素材が必要でしょう？」

「ああ」

ガルドさんもそう思って、この依頼を俺たちに頼んでいるのだろうしな。

悪魔から街を守るため、バーチェが作ろうとしている結界の魔導具。そのための素材には、ドラゴンの鱗とフェニックスの羽が含まれている。その二つをここで入手できれば、魔導具作りはかなり前倒しで進められるはずだ。

これに関しては、偶然がいい方向に転んだな。

ドラゴンとフェニックス。この二体と同時に戦える機会なんて、おそらく二度とないだろうし、今から楽しみだ。

「じゃあその依頼、俺たちが——」

「はいはーい！　私たちも行く！」

「……」

「え？　駄目だった？」

元気いっぱいに手を上げたアリアは、俺が黙ったのを見て不安そうな顔をする。

「いいや」

彼女ならそう言うと、なんとなく思っていたよ。少し驚いただけだ。

ヒスパニア山脈。このあたりでもっとも大きな山々が並ぶ山脈であり、ある特徴を持つ。それは、山脈と同じ規模の大渓谷が隣接していることだ。渓谷の深さも底が知れない。二度にわたり調査隊が結成されたものの、どちらも帰還することはなかった。

それ以降、本格的な調査は行われておらず、人類未到の魔境の一つとなった。

「ドラゴン、ドラゴン！　楽しみだなー」

「なんだか、子供みたいね」

「だな」

楽しそうに歩くアリアを見ながら、ルリアと俺は笑った。

それを見てセシリーはため息をこぼし、「緊張感がなくてごめんなさい」と謝ってくる。

「別にいいよ。これくらいのほうが緊張しすぎなくていい。こいつみたいにガチガチじゃ戦えないしな」

「うっ、別に緊張してねーよ！」

俺の斜め後ろにピタリとくっついている、バーチェの頭を撫でる。バーチェは俺の手を払いのけて、プンプン怒っている。

とはいえ彼女の口数は、いつもより大分少ない。ビビっている証拠だ。

バーチェは口を尖らせて言う。

「ドラゴンとフェニックスの縄張り争いに介入するとか、頭おかしいだろ……。あいつら個体によってはオレたち悪魔より強いんだぞ」

「そうなのか？　じゃあ期待できそうだな」

「……お前って時々、悪魔みたいだよな」

「誰が悪魔だ。そんなこと言うと風呂に沈めるぞ」

「やっぱ悪魔じゃねーか！」

バーチェの言葉によって、笑いが起こる。いつも通りに笑えているなら、みんな大丈夫だろう。心配しなくても、彼女たちに危害は加えさせない。

セシリーが目を細め、小声で尋ねてくる。

「本当によかったんですか？　Sランクのあなたはともかく、他のメンバーには危険な依頼ですよ？」

「いいんですよ。こういう機会は滅多にないから、経験を積んでほしいし。いざとなったら俺が守るので」

「……過保護ですね」

「そっちもでしょ？」

そんなタイミングでアリアの「フェニックス～」なんていう能天気な声が聞こえてきて、セシリーはため息をつく。

「……はぁ、お互いに大変ですね」

俺とセシリーには通じるものがある。守らなくちゃいけない仲間がいる点だ。

互いにそれがわかったこともあり、道中は思いの外話が弾んだ。

ルリアたちが素直でよさそうだと羨ましがられたり、アリアは元気がありすぎて言うことを聞いてくれないからいろいろ大変だ、なんて愚痴をこぼしたり。もし機会があれば、一日だけ立場を交換するのもありだな、とか。

……相当溜まっていたようだな。

ちなみに立場を交換する話をしていたら、ルリアがムスッとしていたから、そういう機会は永遠に来なさそうだ。すまん、セシリー。

そうこうしているうちに俺たちは、山脈の麓に辿り着いた。

ここから先は、ドラゴンとフェニックスのテリトリーだ。

空気がひりつく。まだ姿は確認できていないけど、力強い気配を感じて、俺たちは警戒を強める。

そして、山脈の麓からしばらく登ったところにある、山を斬り裂くような巨大渓谷の上空。

――そこに、二匹の伝説が舞っていた。

ドラゴンは木々が折れそうになるほどの咆哮で威嚇し、フェニックスは地上にいても肌が焼けそうなくらいの熱風を放っている。

「あれが……ドラゴンとフェニックス」

ごくりと、隣でルリアが唾を呑む。現状、二匹は威嚇し合っているだけで、戦闘は始まっていないようだ。それでもその圧倒的な気迫と存在感を前に、俺たちは思わず固まっていた。

反対に、高揚（こうよう）している者が一人――アリアだ。

「おっきいー！　今まで見た中で一番おっきいー！　黒くておっきいー！」

「はしゃぎすぎよ」

「……ははっ」

アリアはわくわくを隠そうともせずに跳（は）ね回って、セシリーに叩かれている。

確かに緊張感はない。けれど彼女と一緒にいると、なぜだか自分が無敵になったように思える。味わったことのない頼もしさだ。

なんて思っていると、上空では二匹が更に接近し、一触即発（いっしょくそくはつ）の雰囲気になる。

「まずいな。このまま戦いが始まると、周囲の魔物が一斉に逃げ出すぞ。そいつらが街に雪崩（なだ）れ込んだら、大変なことになる」

俺は少し焦りながらそう言うが、アリアは俺の不安をかき消すように笑みを浮かべた。

「じゃあ、大変なことになる前に止めちゃおうよ！　セシリー！　お願い」

「もう、無茶は駄目よ」

「任せてよ！」

場違いに元気な返事をするアリアに、セシリーは呆れながら補助魔法を付与する。

飛行、身体機能強化、痛覚鈍化、衝撃吸収……これだけ複数の効果を同時に付与できる魔法使いは、滅多にいないだろう。さすがSランク冒険者だ。

俺は、パーティーメンバーに言う。

「俺も行く。みんなはここで待機だ」

「気を付けて」

「頑張るっすよ！」

「み、見てますね」

「あんなやつら、やっちまえー！」

ルリア、リズ、ラフラン、バーチェからそれぞれエールを貰い、俺も気合を入れた。

補助魔法よりも、仲間たちの言葉が原動力になる。

とか、恥ずかしいことを考えて、思わず笑った。家族っていいな。一緒にいるだけで力が湧く。

「アスク君！」

「ああ」

アリアと俺はアイコンタクトを取ってタイミングを合わせ、一気に飛翔する。

アリアは光り輝く聖剣を抜き、ドラゴンの頭に斬りかかる。それと同時に、俺も新調した剣を抜き、刃に風を纏わせてフェニックスに斬撃を放つ。

しかし、どちらもギリギリで気付かれ、攻撃を躱された。

二匹が、今度は俺たちを睨む。

「こんなところで暴れちゃ駄目だよ！」

「悪いな。お前たちの素材が必要なんだよ」

初撃を躱された瞬間に俺は理解した。バーチェの言っていたことは大袈裟ではなかった。この二四は、俺が戦った悪魔よりも強いかもしれない、と。

そう思った途端に、さっきとは違う笑みが浮かぶ。

「楽しそうだね、アスク君！」

「そっちこそ」

彼女も笑っていた。強者を前に笑うことは、俺と彼女の共通点。

その理由もきっと同じ。

「楽しいよ！　だって思いっきり戦えそうなんだもん！」

「ああ」

周りは空、地上にいるのはルリアたちだけ。でも彼女たちのことは、セシリーが守ってくれる。

邪魔する者は誰もいない。

こんな絶好のシチュエーション、期待せずにはいられない。

「どちらを相手にするかだけは決めておこう」

「そうだね！　じゃあ私がドラゴン！」

「それなら俺がフェニックスだな」

ちょうど目の前にいるし。

「あとは臨機応変（りんきおうへん）に対応する感じで」

「りょーかい！　それじゃ頑張ろうー！」

おーっ、とアリアが元気よく腕を上げる。

まるでそれを邪魔するように、ドラゴンが翼を羽ばたかせ、激しい突風を発生させた。

「おわっと！」

吹き飛びそうになるアリアを、俺は手を掴んで止める。

そこへ、フェニックスが噴射（ふんしゃ）した猛烈な炎が押し寄せた。

「押すぞ」

「うん！」

俺は剣を一度しまうと、アリアの背を思いっきり押し、ドラゴンのほうへと飛ばす。

同時に、反対の手を軽く振り気流を操作することで、迫りくる炎を四方に分散させた。

「この炎……」

熱気だけで空気中の水分が蒸発しているのがわかる。

もしも触れれば、火傷（やけど）じゃすまないな。

「さすがフェニックス――火の鳥だ。けど」

炎ならこっちも負けていないぞ。

俺は両手を重ね、フェニックスに手の平を向ける。

「お返しだ」

手の平に超高熱の炎を生成し、激しく渦を巻く烈火をフェニックスへ放つ。

だが、フェニックスは避けない。炎を正面から受けて燃え上がった。

「……ん？」

フェニックスは俺が放った炎を纏い、大きく翼を広げてみせる。全くダメージを負っているように見えないな。というより……

「元気になっている？」

「あれに炎は効かないぞ、アスク」

「先生？」

サラマンダー先生の姿が視界に入る。

「あれは炎の化身だ。炎こそが命の源、故に炎を吸収すると、より強くなる。我の炎を食らって力を増したようだな」

「そういうことは先に言ってくださいよ。じゃあ、先生の力は逆効果なのか」

俺がそう呟くと、わかりやすく先生がムスッとする。

「そういうわけではない。炎が効かずとも方法はある。たとえば溶岩で攻撃するとかだな。あれならフェニックスも吸収できん」

「なるほど。でも……」

ここで溶岩を発生させれば、下にいるルリアたちにも危険が及ぶだろう。

「結局役立たずだネー！」

「なんだと！　シルフ、貴様！」

「実際その通りでしょう？　アスク、妾とシルフの力を使うといいわ」

「冷気ですね。了解です、ウンディーネ姉さん」

ウンディーネ姉さんの力は水。冷たい水は冷気を生む。

そして、冷気は、風の一種だ。シルの風で姉さんの冷気を操ることで、触れたものを瞬間凍結させる風を起こす。

「極寒の吹雪を味わえ」

俺が放った冷気をフェニックスはギリギリで避けるが、僅かに触れた羽の一部が、パキパキと凍っていくのが見えた。

「避けおったか。素早いのう」

「ですね。けど、ノーム爺、避けるってことは」

「うむ。この攻撃はやつにとって危険なのじゃろう」

フェニックスがこちらを睨む。

「どうした？　元気がなくなったか？」

まだまだ戦いはこれからと言わんばかりに、フェニックスは熱風を放つ。

俺は気を引き締めながら、アリアとドラゴンの戦いにも意識を向ける。

ドラゴンの鞭のように振り下ろされた尾とアリアの聖剣が衝突し、衝撃波がこちらまで届いた。

「やぁー！」

聖剣とドラゴンの巨体のぶつかり合い。

小さな身体で、伝説級の巨大な魔物と力で張り合っている。

「ははっ、すさまじいな」

あれが聖剣の力……いいや、それを持つアリアの力量か。

よく、強大すぎる力に振り回される所有者がいると聞くが、彼女の場合はその逆。文字通りの意味以上に、聖剣のほうが彼女に振り回されているようだ。

型破りという言葉は、彼女にこそ相応しい。剣筋はめちゃくちゃなのに、あまりにも速い。動きを目で追うのさえ困難だ。本来の剣術からは逸脱した、大胆な戦い方。

それは聖剣を使うことで、どうにか実現されているのかもしれない。並みの剣なら、すぐに折れてしまうだろうから。

アリアの傍若無人な剣戟に、ドラゴンも反応が遅れている。

「あっはははは！　硬いなー！」

楽しそうに笑うアリア。その様子に苛立ったのか、ドラゴンが大口を開ける。

口元に強大なエネルギーが集中するのがわかった。

「あれは――」

噂に聞く、ドラゴン固有の極技。巨大な山すら一瞬で吹き飛ばす凄烈な一撃。

「ドラゴンブレスか」

アリアに向けて破壊の一撃が放たれる。

離れて見ているだけでも相当な威圧感。当たれば身体が塵（ちり）のように消し飛ぶと確信できる威力。

しかし、アリアは動じない。

彼女は笑みを浮かべ、聖剣を初めて両手で握り、大きく、上段に構える。

「――てや！」

アリアは剣を振り下す。斬撃が、眩（まばゆ）く輝く。

彼女の美しい一振りは、ドラゴンブレスを真っ二つに斬り裂いた。

さすがの俺も驚く。先生たちも驚いているのが伝わってきた。

「今のを斬るか……」

これが、聖剣に選ばれた勇者の実力。

以前、再び砂嵐が来たら斬ってやると言っていたが、あれは冗談ではなく、本当に――

「アスク！」

シルが叫ぶ。

よそ見している間に、フェニックスが自身の周囲に火球を無数に生成していた。

流星群（りゅうせいぐん）のように放たれる火球の雨。一発一発が先ほどの炎の噴射と同威力。

「時間を与えすぎたか」

俺は冷気の風で防御壁（ぼうぎょへき）を作り、降り注ぐ火球の雨を凌（しの）ぐ。

しかし、それは陽動にすぎなかった。

フェニックスは高火力な炎を全身に纏い、鋭いくちばしを突き刺さんと、突進してくる。火球の雨に紛れ、俺の隙をつく作戦だったようだ。俺はギリギリでそれに気付く。
魔物のくせに賢い。俺は高度を下げ、フェニックスの突進を躱し、すれ違いざまに腹を蹴り上げる。

「怒るなよ。無視してたわけじゃない」

フェニックスは火力を上げた。横を見ると、ドラゴンもブレスを再び放っている。

戦いは、加速する。戦いが、どんどん楽しくなっていく。きっとアリアもそうだろう。

フェニックス——不死鳥。俺の攻撃を受けても即座に回復する生命力は圧巻だ。

頭を一撃で吹き飛ばすか、全身を一瞬で凍結させるでもしないと倒せない。

しかし、フェニックスもそれを理解している。故に一歩引き、中距離を保って攻撃を仕掛け、隙があれば、突進を仕掛けてくる。

魔物なのに頭も回る。悪魔との戦いよりこちらも考えさせられるな。

そんな風に戦いの刺激を堪能していたから——見落とした。大自然の変化を。

「アスク！」

聞こえる。けれど意識に届かない。

「アスク！」

なんだか声がする。しかし、目の前の戦いが先決だろう。

「アスク！　上を見ろ！」

三度目にしてようやく、先生の声が意識を揺らした。

上を見て、周りの空気を感じ取り、すぐに状況を理解する。

「……しまったな。冷気を使いすぎた」

俺たちの戦いによって、あたり一面で冷気と熱が衝突を繰り返していた。

俺の冷気はフェニックスの熱をも凍らせる。急速に冷やされた空気中の水分は氷の塵となり、フェニックスの新たな炎が生む上昇気流によって、更に上へ昇る。いつのまにかでき上がっていた積乱雲（せきらんうん）に蓄積された雹（ひょう）や大粒の雨が、やがて重さに耐えきれず、急速に落下する。

「来るヨ！　ダウンバーストが！」

シルが叫ぶ。既に発生直前——シルの能力でも止められない段階に至っている。

もう少し気付くのが早ければ……なんて、後悔しても遅い。

「アリア！　戦闘は一時中断だ！」

「え⁉　なんで？」

「いいからやめてこっちへ来い！　巻き込まれるぞ！」

「わ、わかった！」

訳もわからずといった様子で、アリアは俺のほうへ近寄ってくる。

ダウンバーストは強力な下降気流だ。こんな大量の強力な風を一瞬で消すなんてことは、俺や精霊王様の力でもできない。気流を拡散させたとしても、周りに被害が出る。

「セシリー！　みんなを連れて離れるんだ！」

「わかったわ！」

「アスク！」

心配そうに俺の名を呼ぶルリア。他のみんなも、同じような表情で俺を見つめる。

「大丈夫だ」

どうせ間に合わないし、消せない。

ならちょうどいい。不本意にも発生させてしまった大自然の一撃を、この二匹にも浴びせてやろう。

「アリア」

「ふえ？」

俺は彼女を抱き寄せる。

力の抜けた変な声を出す彼女に、俺は笑いかけながら言う。

「しっかり掴まっていろよ。吹き飛ばされないようにな」

直後、ダウンバーストが発生する。

俺とアリアに襲い掛かろうとしていたドラゴンとフェニックスは、強力な下降気流を受け、羽をばたつかせる――が、耐え切れずに落下していった。

動きを止めた俺たちを見て、チャンスだと思ったんだろうが、甘かったな。

攻撃に集中するあまり、ダウンバーストに気づかず、何の備えもしていなかった。

意表を突かれ、巨体が勢いよく地面に叩きつけられる。

「っ……」

思っていたよりも激しいな。

それに何か妙だ。「ダウンバーストにしては長いヨ」と言うシルの声が聞こえる。下降気流は未だ収まらず、地面を抉り続けている。

「ア、アスク君！」

俺の胸の中で風を凌いでいたアリアだったが、片目を瞑りながらも上を見上げて言う。

「なんだか変だよ」

「変？」

「嫌な感じがする……空の上のほう」

俺も上空を見上げる。未だ止まらないダウンバースト。猛烈な気流で視界が歪む中で、バチバチと稲妻が走る音が聞こえる。

上は積乱雲だ。稲妻が走ることはあるだろう。

けれど……俺は目を丸くする。

走った稲妻は確かに、漆黒に染まっていた。

漆黒の稲妻？

新しい自然現象？

——違う。

僅かに感じる異質な魔力。第三者の介入を確信した時には、漆黒の稲妻は既に俺たちの眼前に迫っていた。

「くっ！」

「アスク君！」

咄嗟にアリアを庇い、雷撃に背中を向ける。シルの能力で風を纏い、更に背後に電撃を発生させ、黒い雷撃を相殺しようとする。が、不完全。背中にダメージを受けてしまう。

激しい痛みで力の制御が鈍る。ダウンバーストの勢いだってまだ衰えていないのに。

そうか。下降気流に気づけなかった理由は、戦いに集中していたからってだけじゃない。

何者かによって変化を隠蔽されていた。

先生の声に気付けなかったのはまだしも、あれくらいの変化だったら、戦いに集中していたとて気付けていたはずだ。

気流が、俺らを襲う。それはダウンバーストによるものではなく、何者かの意思によって生み出されたものであると、俺にはわかった。だが、逆らえない！

「くそ……」

気流に押し込まれるようにして、俺とアリアは落下していく。

下は地面ではない。

俺たちがいた場所の真下、そこに口を開けているのは人類未踏の地——大渓谷だった。

「――スク君、アスク君！」

「う、うう……」

目を覚ますと、俺を見下ろすアリアの顔が近くにあった。

互いの呼吸が感じられるほど近い。いくら心配でも、そこまで近付く必要があるのか。

そうツッコミを入れる前に気付く。

周囲が真っ暗だ。明かり一つなく、アリアの顔の他には何も見えないほどに。

「よかった。気が付いて」

「ここは、もしかして……」

「うん。たぶん、渓谷の一番下……だと思うよ」

「なるほど」

だから真っ暗で何も見えないのか。アリアは、俺の表情を確かめるためにこんなに近付いていたんだな。

俺たちはダウンバーストに吹き飛ばされる途中、急激な気圧の変化で意識を失ってそのまま落下したのだろう。それにしても、この固い地面に叩きつけられて、よく無事でいられたものだ。

改めて自分と、そしてアリアの丈夫さに驚かされる。

「さて……」

俺はゆっくりと立ち上がり、あたりを見渡す。

改めて見たところで、何も見えない。

「どうするかな」

ヒスパニア山脈の奈落（ならく）。落ちたら最後、二度と日の光を浴びることはできないと言われている。

だから十分に気をつけるようにと忠告されていたんだけど……

「……ま、落ちちゃったものは仕方ないよな」

不慮（ふりょ）の事故……いいや、意図的な攻撃か。第三者の介入がなければ空中に留まることは容易だったわけだし。

あの黒い稲妻は一体……。

「みんなは無事かな？」

「大丈夫だと思うよ。セシリーたちなら離脱して、街のほうに戻っていると思う」

「なんでわかるんだ？」

「えっとね。セシリーから貰った魔導具があって」

アリアはカランと金属音を響かせる。

真っ暗でははっきりとは見えないが、それがなんなのかは輪郭（りんかく）からなんとなくわかる。

丸いペンダントだ。

「これを持っているとね？　お互いの場所がなんとなくわかるんだよ！」

「へぇ、便利だな。ひょっとして、アリアがよく迷子になるから持たされたとか？」

「な、なんでわかったの⁉」

「やっぱりか……」

セシリーの苦労が偲ばれる。

それはそうと、みんなが無事そうでよかった。一先ずホッとする。

改めてだが、セシリーは本当に優秀な魔法使いのようだ。

アリア曰く、彼女は転移系の魔法も使えるらしい。第三者の存在に気づき、即座にルリアたちを連れて離脱したのだろう。

「じゃあ俺たちも移動しよう」

「う、うん！」

アリアが俺の腕を掴む。

若干だが、震えているように感じる。

「ひょっとして怖いのか？」

「そ、そんなことないよ！　こんな暗闇なんて全然平気！」

「そうか……あ、お前の後ろに血まみれの――」

「うわあああああ！」

アリアが思いっきり俺に抱き着いてきた。

今度ははっきりとわかるくらい震えている。俺は彼女をじとーっと見下ろす。

「やっぱり怖いんだな、暗闇が」

「うぅ……なんで意地悪するんだよぉ」

「ごめんごめん。でも意外だな。アリアは怖いものなしって感じがしてたんだけど」

「……そんなことないよ」

彼女はぎゅっと俺の腕を掴んで離さない。

一つ見つけた彼女の弱点。まだまだ他にもある気がして、探してみたいという興味が湧く。けれど今は、そんな呑気（のんき）なことをしていられる状況じゃない。

「アスク君」

「ああ、うようよいるな」

奈落の底に落ちたら終わり。その理由は深さだけじゃない。魔物の数も相当なものだと、ガルドさんは予想していた。でなければ大規模な調査隊が帰還できないわけがないのだ。

その予想が正しかったことを証明するように、俺たちの周りには数えきれないほどの魔物が蠢（うごめ）いていた。姿は見えなくとも魔物の気配は感じ取れる。大きさはまちまちだが、おそらくかなり手強い魔物たちばかりだ。

「よく今まで無事でいられたな……もしかして、俺が気絶している間、アリアが守ってくれていたのか？」

「うん。そうだけど」

「暗闇が怖いのに、よく戦えたな」

「だって戦わないと死んじゃうんだよ？」

「……そうだな。ありがとう」

「あ……うん」

俺は無意識に彼女の頭を撫でていた。

暗闇への恐れを押し殺し、俺を守るために戦ってくれていた彼女に感謝を込めて。

さて、今度は俺の番だ。

俺らは出口を探すべく、歩き出す。

腕にしがみつくアリアの歩幅に合わせ、ゆっくりとしたペースで。

魔物は多いが、視界がよくない今の状況はむしろ都合がいい。

「あれ？　魔物の気配が減って……アスク君が何かしてるの？」

「そんな感じだよ」

視界は塞がれていても、シルの風の能力で空間を把握し、魔物の位置や地形を肌で感じる。そしてノーム爺の力で地面を操り、魔物たちが近付く前に倒す。

精霊王の契約者にしかできない芸当だが、見えない今なら勘の鋭い彼女にも何が起こっているか、正確にはわからないだろう。

適当に、すごい魔法とでも思って貰えればいい。

そう思っていたのだが、突然、アリアがとんでもない爆弾を落とす。

「すごいね。これも精霊さんの力なのかな？」

「そうそう……え？」

今、なんて？

「あれ？　違った？　よく精霊さんとお話ししているよね？」

「……気付いていたのか？」

俺にしか見えないはずの先生たちの姿が、見えていたというのか？

「うん」

アリアの返答に応えるように、今さっきまで俺の中に潜んでいたサラマンダー先生が姿を現す。

「これは驚いたな」

「先生」

他の精霊王様たちも姿を見せると、アリアは感激したように声を上げる。

「わぁ！　精霊さんがいっぱいだー！」

精霊王様の姿は、本来は契約者である俺にしか認識できない。精霊使いであるルリアにも見えないのだが……確かにアリアは認識しているようだ。

「おそらく聖剣の加護じゃな。それは形は違えど、ワシら精霊に近い存在じゃからの」

ノーム爺曰く、聖剣の成り立ちには人々の思いが深く関わっているそうだ。人の正の感情を由来とした力と、あらゆる生物が生きたいと願う意思の力。それらが人を救う宿命を背負った存在たる勇者の元に集まり、聖剣として形作られる。つまり聖剣は砦であり、勇者はその番人なのだ。

人間を守護し、未来を紡ぐための。

「精霊さんって、みんなしゃべれるんだね！　私、初めてだよ！」

「先生たちはただの精霊じゃない。精霊王だから、特別なんだよ」

「王様だったんだ！　すごいねアスク君！　王様のお友達だったんだ！」

「友達というか契約者なんだけど……」

先生たちの姿を見られて嬉しいのだろう。アリアが子供みたいにはしゃいでいるのがぼんやり見えた。

少しずつ目が暗闇に慣れてきたようだな。

「楽しそうね、アスク」

「ネー。ちょっと新鮮だヨ！　アスク以外とおしゃべりできるなんて！」

「確かにそうじゃのう」

「うむ。勇者の少女よ。これからもアスクと仲良くしてやってくれ。こう見えてアスクは、寂しがり屋なのだ」

「ちょっ、先生……」

勝手にそういうことを言わないでほしい。寂しがり屋とか、恥ずかしいじゃないか。

それを聞いたアリアはほんのりと笑う。

「ふふっ、じゃあ私と一緒だね！」

そして、俺の手を握る。

どうしてだろうか。彼女と一緒にいると、なぜだかなんでもできそうな気になる。

「私ね？　本当はとっても寂しがり屋だし……怖がりなんだよ」

「え？」

唐突に、アリアは自分のことを語り出す。

「真っ暗なところも怖いし、高いところも怖い。一人になることも怖くて、夜は寝るまでセシリーと一緒にいるんだ」

「そうだったのか？」

「うん。子供みたいでしょ？」

「かもな」

俺は笑いながら、先生の力で炎をいくつか浮かばせる。

これで暗闇の中に光源ができた。最初からこうすればよかった。

ようやく、お互いの表情がはっきりと見える。

「ありがとう」

アリアはいつもとは少し違う、柔らかな笑みを浮かべていた。

「これで怖くはないだろ？」

「うん！」

そう言いながらも、彼女はまだ俺の手を離さない。

「私ね？　本当は魔物と戦うのも怖いんだ」

「そうなのか？　楽しそうに見えたけど」

「楽しいよ！　楽しむようにするとね、怖い気持ちがなくなるから」

アリアは言う。いろんなものが怖い。だけど、怖いからこそ強くなったのだと。

それでもなくならない恐怖を乗り越えるために、戦いを全力で楽しもうとしてきたのだと。

「思いっきり身体を動かすのは楽しいよ！　でも、死んじゃうかもって思ったら怖いんだ」

「そうか」

「……情けないよね」

「普通のことだよ。誰だって死ぬのは怖い」

「アスク君も？」

「ああ、もちろん」

死ぬのは怖いよ。昔の、感情がなかった頃の俺は、そう思うことすらなかったけどな。

当時は、もし自分の死が必要な場面があれば、迷わず命を捧(ささ)げただろう。けれど今は違う。

俺が死ぬことで悲しむ人たちがいる。

何より、ルリアたちと二度と会えないのは、辛(つら)くて苦しい。

「死を恐れるのは普通だ。情けないなんて思わない。むしろ、恐怖に負けず人のために戦えるのはすごいことだ。さすが勇者だって思うよ」

「でも、暗いのとかは今も怖いよ。真っ暗を楽しむなんて無理だもん」

「ははっ、別にいいだろ、それくらい。女の子なんだ、そのくらいのほうが可愛げがあると思う」

「……そっか」

アリアはなんだか嬉しそうに頬を赤くしている。

少し炎が近すぎただろうか。それとも……

「ルリアに怒られるわよ」

「なんでですか？　姉さん」

「ふふっ、鈍感な子ね」

ウンディーネ姉さんは何やら楽しそうだ。

「なぁアリア。なんで急にそんな話をしてくれたんだ？」

「私ばっかりアスク君の秘密を知って、不公平だなって思ったから」

「だから自分の秘密を？」

「うん。釣り合ったかな？」

別に気にすることはなかったのに。変な所で気を遣うんだな、アリアは。

でもお陰で、秘密を共有できる相手が一人増えた。

「じゃあ、そろそろ脱出するか」

「え、でもどうやって？　ここはすっごく深いし、上にも魔物の気配がたくさんあるよ？」

「関係ないよ、俺にとっては。世界そのものが味方だから」

アリアが先生たちの存在を知った今、出し惜しみしたり、変に気を遣ったりする必要がない。

元々、脱出なんて簡単なんだ。

ここが人類未踏の地下深くだとしても、世界の一部には変わりない。ならば必然、ここにある自然の全ては俺の味方で、俺の支配下だ。

「よっと」

「へ？」

俺はアリアを抱き上げる。

「しっかり掴まっていてくれ」

「う、うん！」

俺は地面を蹴り、飛び上がる。そのまま気流を操り、全身を突風で上へと押し上げていく。

途中の魔物は無視だ。

俺の周囲には気流の膜があって、魔物たちも近寄れない。

ダウンバーストとは逆の上昇気流を纏い、あっという間に渓谷を脱出した。

「抜けたな」

「す、すごいね、アスク君！」

崖の上に着地した。ルリアたちの気配はこのあたりにはなさそうだ。

アリアの言う通り、離脱したのだろう。

ホッとした直後、俺たちは目撃する。

「「――!!」」

地に伏したフェニックスとドラゴン。その心臓を抜き取り、手中に収めている謎の黒い人物を。

黒い人物がこちらに気付く。直後、全身に悪寒が走った。

未だかつて感じたことのない恐怖が全身を駆け抜ける。

瞬間――黒い人物は眼前から消える。

逃げたわけではない。殺気がある。どこにいるのかは、風の流れが教えてくれる。

狙(ねら)いは俺ではなく――

「アリア！」

「え……」

血飛沫(ちしぶき)が舞う。黒い人物の手刀(しゅとう)が、俺の左脇腹を抉(えぐ)っている。

どうにかアリアを突き飛ばすのは間に合ったが、攻撃は喰らってしまったか。

「……ほう」

「ア、アスク君！」

「っ……」

俺は逃がさないように相手の腕を掴もうとする。が、それより一瞬早く手を引き、黒い人物は後方に下がった。

「ぐっ……」

「アスク君！　私を庇ったせいで……」

「まだだ……集中するんだ、アリア」

黒い人物――声色(こわいろ)からして男であることは確かだ――はまだ去っていない。

やつは手に付いた血を眺め、呟く。

「そうか。聖剣の勇者と、精霊王の契約者……か」

「こいつ……」

精霊王様の姿が、見えているのか？

アリアはともかく、俺の秘密を瞬時に見抜いた⁉

「面倒だが、ここで潰しておくか」

そう告げるなり、男は先ほど感じたのとは桁違い（けたちが）の、尋常ならざる殺気を放つ。

間違いなく、これまで戦った中で一番強い。いや、もしかすると……今の俺よりも。

「させないよ」

「アリア？」

アリアは聖剣を抜き、俺を守るように立つ。

彼女も殺気は感じたはずだ。そして理解しただろう。この男の強さを。

それでも彼女は剣を取り、俺を守るために男と向かい合っている。僅かに手を震わせながら。

恐怖し、怯え（おび）ながらも、決して逃げようとはしない。

その無謀とも呼べる勇気こそが、彼女が勇者たる証だ。

「アスク君は私が守る。絶対に！」

「……っ」

何をしているんだ俺は。この程度の傷くらいすぐに治せ。彼女一人に戦わせるな。

「大丈夫……だ」

「アスク君？」

「俺も一緒に戦う。二人で……倒すぞ」

「――うん」

一人では厳しくとも、二人なら勝機はある。

そう思っていたのだが、男は笑う。

「……ふっ、いや、必要ないな」

なんだ？　殺気が急に弱まった……。

「お前たちは今、脅威ではない。目的は果たした。これ以上は時間の無駄だ」

男は突如身体の周りに生じた影に包まれていく。姿が隠れていくに連れ、気配も薄れていく。

空間転移系の魔法だろうか。

「だが、次に会った時は――楽しませてもらうぞ」

「――！」

気づけばもう、目の前に男はいなかった。

圧倒的な恐怖を残し、俺たちの前から消えた。

呆然とする俺たちに、先生が言う。

「アスク、あれは――」

魔王だ、と。

第四章　空っぽの玉座

「アスク君、お腹の傷は平気なの？」

謎の人物に貫かれた脇腹に優しく触れながら、アリアが心配そうに尋ねてきた。

「ああ。まだ少し痛むけど、傷自体は塞がってるよ」

あのあと目的の素材を回収した俺たちは、とぼとぼと帰路についた。そして今、ちょうど街に戻ったところだった。

「ごめんね。私が反応できなかったから……」

「気にしなくていい。あれは対処できる攻撃じゃない」

俺も反応こそできたけど、やつの攻撃を躱しきることは叶わなかった。

速すぎて、鋭すぎる。思い出すだけでも冷や汗が出る。

そしてやつが発していたのは、この世の全ての恐怖を凝縮したような殺気だった。

「魔王……か」

先生曰く、あれは人間ではなく悪魔――しかも、魔王と呼ばれる特別な個体らしい。

悪魔たちの中にも序列が存在する。

俺たちの街を襲った悪魔は、悪魔の中でも『上位』に類する個体だった。しかしその上にもう一つ、王の名を冠する者たちがいる。

それが魔王だ。

何が彼らを魔王たらしめるのか。基準は単純明快、その強さだ。

魔王は先生たち精霊王に匹敵する力を持った個体で、長い歴史の中でも数体しか確認されていない。先生たちが知っているのは、三体。

皇帝ルシファー、君主ベルゼビュート、大公爵アスタロト。かつて四大精霊王が抑えきれなかった悪魔の三柱である。やつらはこの世で初めて闇の精霊から悪魔へと進化し、こちらの世界での生存権を獲得した悪魔なんだそうだ。

「さっきのがそのうちの一体なのか……」

「まだわからん。だが、嫌な懐かしさは感じたぞ」

と、歩きながら先生は呟いた。

先生たちは過去に、精霊の世界で魔王になる前の彼らと戦っている。

彼らを倒し、闇の精霊を消滅させようとした。けれど、それは失敗に終わった。

戦い自体は先生たちの勝利で終わったが、彼らを完全に消し去ることはできなかったのだ。

命から漏れ出る魔力の集合体、それが闇の精霊だ。ならば人が、生命が存在する限り、彼らが消えることは決してない。

幾度となく敗れては復活し、争いを繰り返す。そうするうち、悪魔へと進化を果たし、彼らは精霊の世界の外——人間界へと羽ばたいてしまった。

先生たちもそんな彼らを追って、人間界へとやってきた。ただ、こちらで精霊が力を振るうためには、契約者が必要だ。それ故、魔王となってしまった彼を取り逃してしまったのだそう。今から数千年前の話である。

ちなみに勇者が初めて誕生したのも、この時期だったという。

「やつらの目的は何なんでしょうか」

「破壊じゃよ。やつら悪魔の源は負の感情じゃ。それを発散する以外に目的はない」

「ただ、壊す……」

ノーム爺の説明を聞いて、俺は考える。本当にそれだけか、と。

一瞬だが言葉を交わし、相対したからこその疑問。

「あいつには何か、明確な目的があったように思えるんです」

「……私もそう思ったよ」

「アリア」

「ごめんね？　精霊王さんたちとの話に割り込んじゃって」

彼女は申し訳なさそうにそう言ってから、続ける。

「上手く表現できないけどね？　あの人……じゃなくて、あの悪魔は何かを探していたと思うんだ」

「そういえば、フェニックスとドラゴンの心臓が抜き取られていたな」

「うん。意味もなくそんなことをするとは思えないよね？」

「ああ。何かを作る……もしくは自分で食らうため、とか？」

用途はわからない。ただ、魔物の心臓には高密度の魔力が蓄（たくわ）えられている。

言うなれば魔力の貯蔵庫だ。それを持ち去り、何に利用するのか。

二人で頭を悩ませても、さっぱりわからなかった。

「戻ってからバーチェに聞いてみよう。あいつも一応悪魔だから、何か使い道を知ってるかもしれない」

「そうだね。そうしよっか」

俺の言葉に、アリアが頷く。

「ところで、ちゃんとみんな戻ってきてるんだよな？」

「うん！　セシリーはこの街にいるから、そのはずだよ」

魔王との戦闘が終わってからも念のため周囲を確認したが、やはりルリアたちはいなかった。

血や戦闘の跡も残っていなかったから、無事ではあるだろう。

それでも多少は心配だ。あんなやつと遭遇してしまったせいで、無性に不安になる。けれど俺とアリアを待つルリアたちのほうがいっそう不安かもしれない。

「アスク君、そわそわしてるね？」

「そうか？」

「うん！　早く会いたいって顔に書いてある」

「……恥ずかしいな。でもそうだ。早く顔を見て安心したい」

元気な姿を見るまでは、俺の中から不安は消えないだろう。

アリアは、隣で優しく笑う。

「大切なんだね。みんなのこと」

「ああ。俺にとって一番大切な……家族だ」

「家族か～。いいなー、そういうの」

「アリアにもセシリーがいるだろ？　二人とも仲のいい姉妹みたいに見えるぞ」

「姉妹か～。じゃあセシリーがお姉ちゃんだね」

そう言って彼女は嬉しそうに、少し照れくさそうに笑う。

「心配かけちゃったし、怒られるかな～」

「かもな。その時は俺も一緒に怒られるよ」

俺は脇腹に触れる。

「そんなに痛い？　私、おぶろうか？」

「大丈夫だって。アリアは心配性だな」

「だって、私を庇ったせいだし……アスク君、ごめんね。でも、次は私が守るから！」

「ははっ、期待してる。お互いに守り合えば、俺たちは無敵だな」

そんな風に談笑していると、自ずと緊張はほぐれていく。

そうして軽やかになった足取りで、俺たちは宿屋に戻ってきた。

いつも通り、扉を開ける。その先の待合室のソファーに、会いたかった人たちが座っていた。こちらに気付くなり、ルリアたちがいっせいに立ち上がり、駆け寄ってくる。

「アスク！」

「ルリア！」

「セシリー！　ただいま！」

「――！　無事でよかったわ」

元気いっぱいのアリアを見て、セシリーが安堵のため息をこぼしている。

最初に傷のことに気づいたのは、やっぱりルリアだった。

「服に血が付いているじゃない……平気なの？」

「ああ、もう傷は塞がってる」

「大丈夫だったんすか？」

「無事に戻ってきてくれて……よかったです」

「ったく心配させやがってよぉ……って、心配なんてしてねー！」

リズ、ラフラン、バーチェもそんな風に声をかけてくれる。

「ははっ、みんな、心配かけて悪かったな。でも、お互い無事でよかった」

彼女たちの無事を自分の目で確かめて、俺もようやく安心できた。

不意に身体から力が抜け、少しだけふらつく。ルリアが俺の腕を抱き寄せ、身体を支えてくれた。

「悪い……」

「ううん、お帰りなさい」

「ただいま」

ギルドの会議室。テーブルの上にはずらりと素材が広げられていた。ガルドさんはそれらを、指差しで一つ一つ確認していく。

「ドラゴンの鱗とフェニックスの羽、それからアイスゴーレムの心臓、そして……」

おお、すごい。結界を作るために必要な素材が、いつの間にか全て揃っている。

別の仕事があると言っていたガルドさんだけど、その仕事の合間に残りの素材を集めてくれていたらしい。

アイスゴーレムの心臓は高値で売られていて、値切るのに苦労したらしいが。

「ありがとうございます。ガルドさん」

「いや、大変なほうをそっちに任せちまったからな。やばいのと遭遇したんだろ？」

「ええ、まぁ」

簡単にだけど、渓谷で何があったのかは事前に魔導具で伝えてある。

この場に集まった一番の目的は、素材の確認をすることではなく、今後について話し合うことだった。

ガルドさんがぼそりと呟く。

「魔王……か。俺らが戦った悪魔より強いんだってな」

「はい。比較にならないでしょうね」

俺の言葉にアリアも続ける。

「私も、向き合ってるだけで震えが止まらなかったよ」

「それでも、俺を守ろうとしてくれたけどな。さすが聖剣の勇者だよ」

「えへへっ、アスク君に褒められると照れちゃうな～」

俺が褒めると、アリアは嬉しそうにニヤニヤする。すると、隣でルリアがムスッとした。

「ずいぶんと仲良くなったわね」

「ま、前から彼女はあんな感じだっただろ？」

「そうかしら」

「……もしかして焼きもち？」

「うるさいわよ」

ルリアはずっとご機嫌斜めだ。アリアと俺が親しげにしているのが嫌なのだろう。

そう思うと、申し訳なさよりも嬉しさが勝る。

そして……ちょっとだけ、意地悪をしたくなってしまう。

「ごほんっ！　イチャついてるところ悪いが、話を進めてもいいか？」

「別にイチャついてはいませんけど、どうぞ」

俺は恥ずかしさをおくびにも出さずにガルドさんの言葉にそう答えた。

ルリアが、不満げな視線をこちらに向けてくる。

ガルドさんは呆れたような表情をして続けた。

「その魔王の目的は何だったんだ？　心臓をもぎ取って消えたんだろ？」

「わかりません。今のところ、情報はそれだけです」

だから、更なる情報がほしい。俺はバーチェに視線を向ける。

目が合うと、彼女はビクッと反応した。

「な、なんだよ！　オレはそんなやつ、知らねーぞ！」

「違う。今更お前を疑ってるわけじゃない。バーチェのことはちゃんと信用してる」

「そ、そうか。ならいいけど」

バーチェは一転して嬉しそうな顔をする。

すぐに気持ちが表情に出るところは、見ていて微笑ましい。俺は少し穏やかな声で続けた。

「俺が聞きたいのは、魔物の心臓の使い道だ。何か心当たりはないか？」

「魔物の心臓なー。……うーん、魔導具の素材にはなるな。それ以外だと……心臓は魔力の塊だし、いろいろ役に立つんじゃねーの？」

「食べる？　心臓を？　美味いのか？」

「味なんて知らねーよ。オレは食べたことないし。ただ、聞いたことがあるんだよ。心臓を食べて、中に宿ってた魔力を吸収することで強くなる方法があるって話を」

通常、他人の魔力は異物だ。そのまま取り込めば拒絶反応を起こし、肉体の崩壊を招く。

魔物の魔力なんて異質なものを取り込んで、平気でいられるものだろうか。

「ねぇアスク君、王様たちは何か知らないのかな？」

「……」

アリアの言葉に、思わず一瞬黙ってしまう。すると、怪訝そうにガルドさんが聞いてくる。

「なんだ？　アスクは国王と知り合いなのか？」

「そうじゃなくて、アスク君の中にいる精霊の王様たちだよ」

アリアがそう答えると、数秒、静寂が場を包んだ。

何の話？　というみんなの反応を見て、アリアがハッと気付く。

「あ！　そういえば内緒にしてるんだっけ！」

「……まぁ、そうだな」

俺が精霊王の契約者だと知っているのは、今のところ先生たちが見えるアリアだけだ。ルリアたちにもそこまでは教えていない。余計な面倒ごとに巻き込まないようにという配慮からではあったが……。

「ご、ごめんなさい！」

「いいよ。ちょうどその話もしようと思っていたところだから」

そろそろ話してもいい。否、話すべきだと考えてはいたんだ。

魔王と遭遇し、自分でも勝てるかわからない相手がいることを知った今、情報の出し惜しみはしていられない。

それにやっぱりよくないよな。大切な家族に隠し事をするのは。

「今から話すことは、内緒にしてほしい」

そう前置きをして、俺は説明する。俺の中にいる王様たちのことを。

隠していた理由も、なぜアリアがそれを知っていたのかも。

みんなに向けて、というより、ルリアに対する言い訳みたいになってしまったが。

「黙っていてごめん。みんなを巻き込みたくなかったし、気を遣わせたくなかったんだ。見えない誰かが一緒にいるって、お互いにとってストレスになるとも思ったし」

「……」

「ルリア？」

「理由はわかったわ。でも、やっぱりショックね」

ルリアはムスッとした表情で続ける。

「最初に知るのは……私がよかったのに」

「ルリア……」

「事情が事情だから今回は許すけど、次に同じことしたら今度は離婚よ？」

「――ああ、肝(きも)に銘(めい)じるよ。離婚は嫌だからな」

そう言って笑う俺の胸に、ルリアが優しく手をのせる。

「私のほうが嫌だから、気を付けてね」

「ああ、ごめん」

「他に隠していることはない？」

「ないよ」

「そう」と、ルリアは頷いた。

本当に隠し事はもう何もない。俺は自分の秘密の全てを彼女たちと共有した。

お陰で少し気が楽だ。

「……羨ましいな」

「どうかしたの？　アリア」

「ううん、なんでもないよ、セシリー」

アリアの言葉と視線に滲む羨望は、切実だ。

だが、ここで反応してはいけないと思った。ここで彼女を慮ることが、ルリアを裏切ることになってしまうのではないかと、なぜか思ったから。

◇◇◇

結局、特に進展がないまま会議が終わった。

唯一決まったのは、バーチェに結界の製作を進めてもらおうってことくらいか。

魔王の目的はわからない。わからないからこそ、今できることをするしかないのだ。

「明日から頼むぞ、バーチェ」

宿屋での夕食後、解散する間際に、俺は彼女の肩を叩いてそう言った。

「おう。けど、時間はかかるぞ？」

「どのくらいだ？」

「えーっと、一個作るのに二日くらいだから——……一週間ってところだな」

「十分早いよ」

三つの街を守る結界。しかも、特定の条件を付与した複雑な代物を作ってもらうんだ。

魔導具に詳しくない俺でも、それが異常であることくらいはわかっている。

「バーチェがいてくれて、よかったよ」

「な、なんだよいきなり!?　褒めても何も出ないぞ!?」

「ニヤけ顔は出てるぞ？」

「——！　う、うるせーな！　もう寝るからな！　明日も朝早いし！」

照れて真っ赤になった顔を隠し、バーチェは早足で自分の部屋へ向かう。しかし、途中で立ち止まって少しだけ振り返る。

「じゃあな！　おやすみ！」

「ああ、おやすみ」

こうやっていつも別れ際には、ちゃんと挨拶してくれるのだ。

悪魔らしからぬ礼儀正しさである。

「さて……俺も寝るか」

今日は疲れた。ドラゴンとフェニックスと戦い、渓谷の底に落下。脱出したと思ったら、その直後に魔王らしき悪魔と遭遇。一度にいろいろ起こりすぎて、身体も心も疲れ切っている。

早く布団に潜りたい。そう思って、自分の部屋の扉に手をかけたところで気付く。

中に誰かいるのか？

俺は、ゆっくりと扉を開けた。

「やっと来たわね」

「ルリア」

部屋にいたのはルリアだった。彼女は、バーチェと同室だったはずだが……。

「どうしたんだ？　何か話しそびれていたことでもあったか？」

「別にないわ。今夜はここで眠ろうと思っただけよ」

「え……」

俺はビックリして固まる。すると、彼女はわかりやすく不機嫌になる。

「何よ？　嫌なの？」

「い、嫌ってことはないよ。ただ、急にどうしたんだろうって」

「夫婦なんだから、同じベッドで寝るのは普通でしょ？」

「それはまぁ、そうだけど」

改めて、急にどうしたんだ？

秘密を隠していたことをまだ怒っているとか……だとしてもこんな行動に出るだろうか。

部屋に入らずに悶々と考えていると、ルリアが苛立ったような顔で立ち上がり、歩み寄ってくる。

そして俺の手を握った。

「いいから、さっさと寝るわよ！」

「わ、ちょっ！」

引っ張られるようにして俺はルリアと一緒にベッドに倒れ込む。俺は辛うじて手を突いたが、なんだかルリアを押し倒したような感じになってしまった。

慌てて立ち上がろうとしたところで——ルリアの瞳が潤んでいるのに気付く。

「ルリア？」

「……初めて見た。あなたが血を流しているの」

「——！」

ルリアの身体が僅かに震えている。寒さによる震えじゃないことくらい、鈍い俺でも察しが付く。

震えの源は、不安だ。

「ごめん。心配かけたよな」

俺は彼女の横に寝転び、抱き締める。大丈夫だよと全身で伝えるように。

子供は、親の心臓の音を聞くと落ち着くらしい。そう本に書いてあった。

彼女は子供じゃないし、俺も親じゃないけれど、少しでもこれで安心してもらえたら、と。

「ルリアたちが無事でよかったよ。あいつと遭遇していたらきっと……逃げられなかったはずだから」

「そんなに強いの？」

「ああ、強い。万全の状態で戦っても、勝てるかどうかわからない」

俺はあの時、生まれて初めて心の底から恐怖を感じた。

戦うことを恐れた。自分が死ぬかもしれないことに怯えたわけじゃない。自分がいなくなったあとの世界を想像した時、泣いている人たちの顔が浮かんだから。

今、彼女が俺に不安をぶつけてくれたように。

俺のことを想い、心配し、悲しんでくれる人がいる。そんな人たちに涙を流させたくない。

昔の俺なら、死ぬことを恐れず戦えただろうけど、今は無理だ。そう再認識する。

「そんな相手と……関わらない道はないのね」

「恐らく、ない。あいつは最後に言ったんだ」

次に会う時は楽しませてもらうぞ、と。

「次に遭遇すれば、待ったはない。その時は本気の殺し合いになる」

「……勝てるの？」

「勝つよ。誰も傷つけさせない」

「……でも、あなたは傷つくわ」

「ルリア……」

ルリアは俺の胸に抱かれながら、そっと顔を上げる。

今にも泣きそうな表情だ。こんなに弱々しい彼女を見るのは初めてかもしれない。

俺が血を流して戻ってきたことが、彼女にとってそれだけ大きな衝撃だったということだ。

「嫌よ……そんなの」

「ごめん。……それでも俺は戦うよ。ちゃんと生きて勝つから」

「……信じてもいいの？」

「信じてほしい。ルリアに一番、そうしてほしい」

俺は彼女に、この世で最も俺の心に近い人、一番の理解者になってほしいと望む。

高望みかもしれないけど、これくらいの欲は出してもいいだろう。

俺たちは夫婦なのだから。

「俺はもっと強くなるよ。ルリアたちの前では、格好いい男でいたいしな」

「――十分よ」

そう言ってルリアは小さく笑う。

彼女と出会うまで、好意というものがずっとわからなかった。けれど最近は、少しずつそれが身体に染み込んでくるように感じる。

心配も、愛情の一つなんだ。

また、こうして身体を寄せ合うことも、言葉を交わすことも、全てが愛に満ちている。

そうしてもっと惹かれ合って、離れられなくなる。互いに首輪をつけるように。

だけどちっとも、窮屈（きゅうくつ）には感じないのだ。

ルリアは再び俺の胸に顔を埋（うず）めて言う。

「ちょっと安心した」

「ならよかった」

「安心したからかしら。なんだかムカついてきたわ」

「え……」

ルリアは俺の身体を締め上げるように、強めに抱きしめてくる。ちょっとだけ痛い。

「ルリア？」

「言ったでしょう？　気にはするって」

「……俺の妻はルリアだよ」

「当たり前よ」

その事実は、俺の意思は、変わらない。

まっすぐ想いを伝えるように、俺は彼女を抱きしめた。

翌日から、バーチェは魔導具作りに取り掛かった。
悪意を検知して街を守る大結界。必要な素材は揃った。あとは作るだけだ。
本当は俺も手伝いたい。きっと、みんなも同じ気持ちだろう。
しかし残念ながら、俺たちには魔導具作りの知識が欠けている。

俺たちが手伝ってもかえって邪魔になるだけだろう。

「悪いな、バーチェ。結局ここからはお前頼みだ」

「はんっ！　んなこと最初からわかってたっつーの。別に気にすんな。魔導具作りはオレの趣味(しゅみ)みてーなもんだからな！」

彼女は小さな胸をドンと叩き、自分に任せろとアピールする。

いつになく頼りがいのある姿に、少しだけ成長を感じた。

「じゃあ、頼むな」

「おう」

魔導具作りはバーチェに任せよう。

そして残りの滞在期間の一週間で、俺もやれることをやっておこう。

魔王。俺が出会った中で、間違いなく最強クラスの敵だ。今の俺でも、勝てるビジョンは正直浮かばない。

それでもルリアを、みんなを守るために。そして俺自身が傷つくことで、彼女たちに心配をかけないために――

「俺はもっと強くなるぞ」

「その意気だぞ、アスク」

サラマンダー先生が頷いて、俺の決意に同意してくれる。

他の王様たちも同じ気持ちみたいだ。ノーム爺が言う。

「あれが魔王であることは、ほぼ確実じゃ。こちらの世界で何を企(たくら)んでおるかはわからん。じゃが、悪事であることも、また確実……ならば」

「妾たち精霊の王が、やつの悪事を阻(はば)まなければならないわ。これは妾たちの責務よ」

ウンディーネ姉さんも、いつになく真剣な口調だ。

そうして最後に、シルが元気いっぱいに宣言する。

「悪さは、ボクたちが許さないんだヨ！」

「はい。必ずやつらの目的を突き止めてみせます」

俺は大きく頷く。

次に会うのはいつになるか。こちらから探したくても、痕跡(こんせき)すら辿れない状況だ。

ならば、やつらが行動を起こすまでに万全の準備を整えて、次を最後に全てを決着させる。

あの男は本当に魔王なのか。目的は何なのか、その答え合わせもどうせその時にできる。

「ガルドさん、アリア」

「ん？　どうした？」

「何かな？　アスク君」

「二人に、俺の修業に付き合ってもらいたいんです」

より強い相手と戦い、実戦経験を増やすこと。それが今の俺に必要なことだ。

一人での修業は、これまでずっと続けていた。

だけどそれにも限界はある。実戦の感覚や能力の使用感は、本気の戦いの中でしか磨かれない。

俺には圧倒的にそうした経験が不足している。そう考えると、アリアとガルドさんと出会えたことは大きかった。

「おう、いいぜ」

「私もいいよ！　強くなりたいのは、私も一緒だから！」

二人は逡巡することなく、爽やかに了承してくれた。

そう言ってくれることはわかっていたけど、実際に聞くと安心する。

「ありがとう。二人とも」

「私たちだけでいいの？　セシリーは？」

「彼女には別のことを頼んでいる」

「別のこと？」

「ああ、たぶん彼女が一番の適任だからな」

アリアはきょとんと首を傾げる。ガルドさんは何となく察したのか、なるほどなと言わんばかりに腕を組み、笑みを浮かべていた。

俺がセシリーに頼んだこと。それは――

「三人には今日から一週間、私の下で戦闘訓練を受けてもらいます」

宿屋にて。セシリーが神妙な表情で言う。

彼女の前には、ルリア、リズ、ラフランが並んでいる。

「戦闘訓練?」

「と、突然どうしたんです、か?」

キョトンとするリズと、状況が呑み込めずにあわあわするラフラン。

ルリアだけはすぐさま事情を察して、聞き返す。

「アスクに頼まれたんですか?」

「はい。彼に皆さんの指導をしてほしいと、お願いされました」

アスクがセシリーに頼んだのは、家族たちに訓練をつけることだった。

精霊使いであるルリア、獣人としての身体能力を活かして戦うリズ、セイレーンの力を用いて水を自在に操るラフラン。彼女たちは種族も、戦い方もそれぞれ違う。

そのため指導者は、あらゆる戦闘方法を知っていなくてはならない。

その点で言うと、アスクは不適格だった。彼は精霊王と契約したことで、大自然の力を自在に行使する。

それは強力かつ、一点物の絶技である。

だが、それ故に誰にも真似できず、彼自身も、他者の感覚を知り得ない。

「私は魔法なら大抵のことはわかります。それに、私は長らくアリアとコンビを組んでいたので、肉弾戦、剣技についても詳しい。……と、アスクさんに言われました」

事実、その通りである。Sランク冒険者にまで上り詰めた魔法使い、セシリー。

こと魔法において、彼女より優れている者は現在、この周辺地域にはいないだろう。

加えて、彼女の相棒は聖剣の勇者であるアリア。

アリアの動きに合わせられるということは、セシリー自身の身体能力も高いということ。

何より、勇者アリアの戦いをもっとも近くで見てきた人物だ。その経験は何にも代えがたい。

そして、彼女は指導も上手いだろうとアスクは予想していた。

無鉄砲で元気すぎるアリアを抑えながら、これまでともに歩んできた実績からの予測である。

「もちろん強制ではありません。アスクさんも、皆さんが断るならそれでいいと言っていました」

「やるっすよ！　決まってるじゃないっすか！」

真っ先にリズが手を挙げた。

それに続くように、ラフランも決意を固める。

「わ、私も頑張ります！」

当然、ルリアも。

「断る理由なんて一つもないわ。私たちも強くなりたい。アスクの足手まといにはなりたくないもの」

「……そうでしょうね」

セシリーは笑う。

「一つ付け加えさせてください。断るならそれでいい。アスクさんはそれに続けてこう言っていました」

「え？」

「――だけど、誰も断らないだろうけどな、と」

己が信じた彼女たちなら、突き進むことを躊躇しない。アスクはそう信じていた。

その通りの結果が今、ここにある。

ルリアたちは改めて決意する。自分たちも強くなり、アスクを支えられるようになるのだと。

アリアとガルドさんを引き連れ、俺はコロシアムに入る。

砂嵐の影響で使えなかったコロシアムも、今は除雪ならぬ除砂が終わり元通りになっていた。

俺たちはコロシアムの中心に立ってから、距離を取る。

「アスク、本当にいいのか？　二対一だぞ？」

ガルドさんの言葉に、俺は不敵な笑みを浮かべる。

「そうじゃないと意味がないんですよ。全力を出すためには」

「私たちも手加減はなしでいいんだよね？」

「もちろん」

訓練とはいえ、手を抜かれたら意味がない。俺の全力を受け止めてもらうために、二人にも全力を出してもらわないと困る。

それに何より、これは俺の特訓であると同時に、二人の特訓でもあるのだから。

「戦う前に一応伝えておきます。俺はただの精霊使いじゃなくて、精霊王の契約者です。二人の中にある常識は捨ててください」

俺を中心にして大気が巡り出す。

空気が熱を帯び、大地がひび割れ、そこから水が湧き出す。

俺が持つ力は精霊王の加護。この世界において万物(ばんぶつ)は全て、元素によって構成されている。精霊王の加護は、その元素を操れるのだ。

故に、俺は世界そのものを操れると言っても、過言ではない。

「今から二人が相手にするのは、世界そのもの……世界の化身(けしん)です」

これは忠告というより、脅しに近い。大気中の水分を操り、熱を下げて空気を冷やす。

それによって二人に寒気を覚えさせる。

――全力を出さなければ死ぬかもしれない。

そんな恐怖を感じたのだろう。二人の表情が、より真剣なものになった。

「おうよ。あの時みてーにはいかねーぞ?」

「私も！　強くなって、今度は私がアスク君を守ってみせるんだから！」

「――期待していますよ、二人とも」

どうか俺の全力を受け止めてくれ。

そして上回ってくれ。俺より強くあろうとする相手との戦いこそ、俺の地力を底上げしてくれる。

「行きます」

俺は剣を抜き、構える。

アリアは聖剣を、ガルドさんは魔剣を手に、俺に斬りかかってくる。

これは訓練だが、意識は本番と同じ。激闘が開幕する。

そして――


二時間後。

俺たちは、まだ戦い続けていた。

「おうらぁ！」

「っ……」

重力魔法で強化されたグランドイーターを剣で受け止める。グランドイーターは斬るのではなく削る大剣。大地をも抉るそれを普通に受ければ、刃のほうが欠けてしまう。

せっかく新調した剣が壊れてしまうのは避けたい。

俺は刃に風を纏わせ、直接グランドイーターの刃に触れないことで、それを解決した。

そして、大地を変形させて巨大な腕を作り、ガルドさんを左右から挟む。

「目の前ばかりに集中しすぎですよ」

「――！　地面か！」

ガルドさんは咄嗟に、重力の支配領域を自身の身体の外へ広げる。俺が操作している大地の腕が重くなり、動きが鈍る。

その一瞬の遅れを利用し、ガルドさんは後退した。

「形あるものは、重力に逆らえないぜ！」

「ですね。しかし、大気に形はありません――よ！」

空気の急下降。極小版のダウンバーストを発動させた。

「させないよ！」

降り注ぐ気弾がガルドさんを襲う前に、アリアが飛び上がり、聖剣を振るう。

――空気を斬り裂いた!?

「さすが聖剣……いや、勇者だな」

空気の動きを正確に捉える目を持っていなければ不可能な芸当。聖剣の力に加え、彼女自身の五感の鋭さがあってこそだろう。

そしてアリアの感覚は、剣を振るうたびに研ぎ澄まされていく。

飛び上がった勢いそのままに、俺に向かって聖剣を振り下ろすアリア。俺はそれを剣で受けた。

鍔迫り合いの状態になる。

「元気だな」

俺の言葉に、アリアはニッと笑う。

「それが取り柄だからね！　アスク君こそ、疲れちゃってない？」

「俺は魔法使いと違って、魔力を消費して戦ってるわけじゃないからな。大自然が味方してくれている俺に、魔力切れはないよ」

と言っても、膨大な力を正確にコントロールするにはかなりの集中力がいる。魔力切れはなくとも、体力と精神力の限界はある。ただ、俺は身体の強さだって普通の人間よりはるかに上だ。

だから、俺が鍛えるべきは精神力のほうだろう。

たとえ何時間、何日ぶっ通しでも途切れることのない集中力を手に入れる。それができれば、俺はほとんど無限に戦い続けられるはずだ。

「二人とも元気だな。おじさんにはきついぜ」

「ガルドさん、休憩でもしときますか？」

「休んでてもいいよ！　その間、私が頑張るから！」

「……はっ！」

俺とアリアの言葉に反抗するように、ガルドさんはぶおんと音を立て大剣を振るう。

瞬間、俺の身体がずしりと重くなった。

重力支配のエリアを広げたのか。だが、効果範囲内の全員が影響を受けるはずなのに、アリアの動きに変化はない。

ピンポイントで俺だけ重くしたらしい。

「勝手にリタイアさせてんじゃねーぞ？　若造が！」

「――やりますね」

それでこそ、戦い甲斐がある。

戦えば戦うほど、それぞれの動きに迷いがなくなり、節々の動きが正確になっていく。

身体が、心が、研ぎ澄まされていくような感覚。

ああ……

「これだ」

一人の修業では決して体験することができない、ギリギリの緊張感。そしてその中でこそ磨かれる技。

二人のお陰で、俺はもっと強くなれる。

今、そう確信した。

もう一週間か……短かったな。

そんな風に思えるのは、濃密な時間を過ごせた証拠だろう。

訓練はかなり順調だと言えた。以前より魔法がより精密に使えるようになった気がするし、集中力だってかなり持つようになった。

そして順調なのは、それだけじゃない。バーチェが、ついに魔導具を完成させたのだ。

「よくやってくれたな、バーチェ」

「オレ様にかかれば、これくらい楽ショーだっての！」

「夜遅くまで頑張ってくれてたのは知ってるぞ」

「うっ……気付いてたのかよ」

バーチェは一人、皆が寝静まってからも魔導具作りをしていた。

誰にもバレないように、密かに部屋を出ていっていることは知っていた。

「一週間って言っちまったからな。思いの外かかりそうでも、なんとかやるしかないじゃんか……くそっ、バレてないと思ってたのに、これじゃ格好つかねーじゃん」

有言実行するために、彼女なりに努力していたようだ。

スマートに宣言通り終わらせたかったのだろう、バーチェは少し不貞腐れている。

微笑ましくて、俺は思わず彼女の頭を撫でる。

「そんなことないさ。十分格好いい。こんな大仕事、バーチェじゃなかったらできなかったよ。ありがとうな」

「そ、そうか？　どういたしま……って別にお前らのためじゃねーし！　オレの身の安全のために作っただけだかんな!?　わ、わしゃっとすんなよ！」

「本当は嬉しいくせに、素直じゃないな」

「嬉しくねーよ！」

頭を撫でられると思わず嬉しそうな顔をしてしまうこと、バーチェ本人は気付いていないようだ。

ともかくバーチェのお陰で、予定通り結界は完成した。

悪意に反応して敵の侵入を防ぎ、それ以外の者は通す結界。

特定の情報、しかも感情に反応する結界なんて、どうやって作ったのかもさっぱりだ。

バーチェを労ったあと、俺は訓練のためコロシアムに向かう。そこで、アリアとガルドさんに結界が完成したことを知らせた。

「じゃあ、今日が最後になるんだね？」

アリアは確認するように言う。

「ああ」

「やるじゃねーか、あのちびっこ悪魔！　これで街が大分安全になるな。俺たちも多少動きやすくなるぜ」

ガルドさんは嬉しそうにしている。

「そうですね。というわけなので、今日は全部出し切るくらいの気持ちでやりますよ」

「おうよ！」

「……そうだね！　頑張ろう」

一瞬だけ、アリアの表情が悲しみに歪んだように見えた。

……いや、今はもういつものように元気いっぱいのアリアだ。気のせいだろう。

そんなことより今は、訓練に集中しなければ。

そうして、最後の戦闘訓練が始まる。

翌朝。俺たちはサラエの街へ戻るために、街の出入り口付近にやってきていた。

見送りには、ガルドさんに、アリアとセシリーも来てくれている。

「お世話になりました。ガルドさん」

「こっちこそだ。楽しかったぜ」

「俺もです」

一緒にいた期間は短いけれど、なんだか長いあいだ寝食をともにしたような感覚がある。

それほど濃く、大切な時間だった。今生の別れでもないのに、ひどく寂しい。

「セシリーもありがとう。みんなの訓練に付き合ってくれて」

「気にしないでください。私自身、自分のことを見つめるいい機会になりましたから」

セシリーは謙虚だ。俺はルリアたちから毎晩、訓練について聞いていた。

彼女の指導は厳しくもとてもわかりやすく、どんどんレベルアップしていく実感があったそうだ。

ルリア、リズ、ラフランはそれぞれ頭を下げる。

「私たちからも、お礼を言わせてほしいわ。本当に、ありがとう」

「すっごくわかりやすかったっす！」

「ほ、本当はもっと……教えてもらいたいことがたくさんあります」

「どういたしまして。じゃあまた、次の機会に続きをしましょうか？」

セシリーが尋ねると、三人は顔を見合わせてから、揃って答える。

「はい」

「はいっす！」

「お願いします」

彼女に指導役を頼んでよかったと心から思う。いい信頼関係を築けたらしい。

少し妬けてしまうな。

そんな風に思いながら、俺はアリアにも礼を言う。

「アリアもありがとう。お陰で前よりずっと強くなれた」

「……」

「アリア？」

「あ、うん！　私も強くなれたし、よかったよ！」

アリアは笑顔を見せる。

でも、それはどこかぎこちなく、なんだかとても寂しそうに見えた。

「なぁ、アリア。言いたいことがあるなら遠慮しないでくれ」

「え……でも……」

「一緒に渓谷まで落ちた仲だろ？　何かあるんなら言ってくれ。俺も気になる」

昨日の訓練が始まる前も、彼女は複雑な表情を浮かべていたように見えた。

今思い悩んでいたのを見て、さっきのそれも気のせいじゃなかったのだと確信した。

「……アスク君」

「なんだ？」

「その……サラエの街まで遊びに行っても、いいかな？」

「え？」

いくつか候補にあった質問のどれとも違っていて、俺は呆気にとられる。

「ご、ごめんね？　迷惑、だよね？」

「違うよ。ちょっと驚いただけだ。っていうか聞くまでもなく、いいに決まってるだろ？」

「本当？　いきなり遊びに行っても迷惑じゃない？」

「ああ、むしろ大歓迎だ」

断る理由なんてない。すると彼女はぱーっと明るくなり、嬉しそうな笑顔を見せる。

「そんなことで悩んでいたのか」

「寂しがり屋なんですよ、うちの勇者様は」

セシリーがそう言って、笑う。

喜ぶアリアの姿を見ていると、微笑ましさと、彼女が喜んでくれることへの嬉しさを感じる。

俺も、彼女と離れるのが寂しいと、心のどこかで思っていたのだろう。

「それじゃ、また会いましょう」

「おう」

「元気でね！　絶対遊びに行くからね！」

「ああ」

別れをすませ、また会える日を楽しみに、俺たちは帰路につく——はずだった。

突如、轟音(ごうおん)が鳴り響く。

「なんだ？」

「アスク坊、外じゃ」

「——！」

ノーム爺の言葉を聞いて魔力を探ると、街の門の外に無数の魔物が群れを成しているのがわかる。

数は二十……いや、三十を超えているな。しかも魔物も同一の種類だけではなく様々な種類がいる。本来なら、あり得ないことだ。

群れは街に近付こうとしているようだが、透明な壁に阻まれている。

先ほどの轟音は、作動したバーチェの結界に魔物たちが衝突した音だったらしい。

俺はそんな状況を、みんなに伝えた。

「結界のせいで、中には入ってこられねーだろ。つっても数が数だ。安心できないな」

「そうだね！　私たちで退治しよう！」

ガルドさんとアリアに負けじと、リズとラフランも声を上げる。

「そうっすね！　修業の成果を見せるっすよー！」

「私も頑張ります！」

みんなやる気に満ちている。強くなった実感が、彼女たちを好戦的にさせているのだろう。

数は多いけど、ここにいるみんなで戦えば魔物の群れも怖くない。

ただ、なぜだろう。胸騒ぎがする。


俺たちは魔物を殲滅すべく結界の外に出た。

寒気がした。この感覚は間違いなく、あの時と同じ……。そこでようやく俺は気付く。

これが、悪魔……いや、魔王によって仕組まれた、意図的な襲撃であることに。そして、気付いた時にはもう手遅れだった。

圧倒的な気配が、不意に俺の背後に現れた――否。現れたのは、俺より後ろにいる、アリアの側だ。

「……え？」

「アリア！」

血飛沫が舞う。黒衣で全身を隠した魔王の右手が、彼女の胸を貫いていた。

誰もが言葉を失い、驚愕し、次いで戦慄する。

「勇者の心臓……いただくぞ」

「――！」

俺は駆け出す。しかしそれより一瞬早く、魔王はアリアの胸から手を抜きさる。

その手の中にあるのは、脈動する彼女の心臓。

「かっ……」

「アリア！」

セシリーが青ざめた顔でアリアの名を叫ぶ。

アリアが、膝から崩れ落ちそうになる。心臓を抜き取られた人間は、生きていられない。

普通なら即死。だが彼女は——聖剣の勇者。

「っ……あああああ！」

「——何!?」

倒れ込みながら、アリアは魔王を聖剣で斬りつける。魔王はのけぞってギリギリで回避したが、身体を隠していた黒いローブが剥がれた。

ついに露になった姿は、悪魔というより人間に近い。そして、それはまるで——

「アスク君……？」

……俺と瓜二つの容姿をしていた。

俺と同じ顔で、魔王は冷徹な笑みを浮かべる。

「驚いたな。心臓を抜かれてまだ動けるとは。ならば、首を落とすまでだが」

「——させるか！」

俺は二人の間に割り込み、魔王を蹴り飛ばす。

「っ……精霊王の契約者か」

「アリア！」

「アスク君……」

俺は地に伏したアリアを抱き上げる。彼女の左胸からは大量に血が溢れ出ている。心臓を抜かれたんだ。当然だ。

勇者といえど、このままでは失血死する。

「くそっ！」

俺の能力じゃ治癒はできない。

「セシリー！」

彼女の回復魔法に任せるしかない。呆然としていた彼女を奮い立たせるように、俺は叫んだ。

「わ、わかっています！」

どうにかセシリーは正気に戻り、駆け寄ってくる。俺がアリアを預けると、全力で治癒の魔法を発動させた。

だがおそらく、この傷は……。

「手遅れだ。最早助からん」

俺の気持ちを代弁するように、先生が沈んだ声で言う。

「てめぇ……アリアの心臓を返しやがれ！」

ガルドさんが怒りの声をあげ、重力で魔王の動きを止めようとする。しかし、魔王は意にも介さず、空中に飛んで逃げた。

「これでまた一つ、揃ったな」

魔王は心臓を掴んだ手を胸元まで持ってくる。すると、周囲の空間がひび割れていく。

やがてその空間の中から、黒い液体で作られた棚が姿を現した。

その棚には、抜き取られていながらも脈を打つ、いくつもの心臓が並んでいた。魔王はそこにアリアのものを加える。

「なっ……なんだよあれ」

異様な光景に、バーチェがぞくっと震える。

「――――！　あれは」

そこで、サラマンダー先生が何かに気付く。

並んだ心臓は多種多様。大きさも、形も、気配も異なる。

その中に三つ、異質な魔力を宿す心臓があった。

それを見ながら、精霊王様方が言う。

「アスク、やつは魔王だが、我らが知る魔王ではない。それが今、はっきりした」

「あの心臓……もしや」

「間違いないわね。ルシファー、ベルゼビュート、アスタロト」

「ボクたちが知っている魔王の心臓だヨ！」

「その通りだ。四祖の王ども」

魔王は愉快そうに、そう答えた。やつには先生たちの姿が見えているのだ。

「ついでだ。お前たちの契約者、その心臓も貰っていこう」

「気を付けろアスク！」

「……」

「アスク？」

先生たちの声は聞こえていた。

やつが俺の心臓を次に狙おうとしていることもわかっていた。だけど、そんなことはどうでもよかった。

「――許さない」

生まれて初めてだ。これほどの怒りを覚えたのは。この世の全てが腹立たしい。

何もかも破壊したくなる情動に、全身が打ち震える。

そして、俺の中に生まれたどす黒い感情が、黒き炎となって溢れ出る。

「これは……闇の力か？」

「お前を殺す！　絶対に！」

感じる。俺の中に新しい力が生まれたことを。

魔王の言葉を聞いて理解した。これがきっと、闇の精霊の力なのだろう。

深い水の中に沈んだような苦痛と、煮えたぎるほど熱い炎を感じる。

先生たちが驚き、焦っているのがわかる。でも、それすら今はどうでもいい。

「殺してやる」

「――よくないものを目覚めさせたか」

初めて対面した時と同じように、魔王は影による転移で逃走を図る。

「逃がすか！」

俺は黒き炎を圧縮し、爆発的な速度で前方へ放つ。黒き炎は空間すら焼き尽くしながら、逃げる魔王を追撃する――が、あと一歩、遅かった。

ふっと魔王の気配が消えてしまう。

「どこだ？　どこに逃げた？」

絶対に許さない。どこまでも追いかけて殺す。たとえ全てを捨ててでも。

「俺は――」

「アスク！」

意識が深く、闇に堕ちようとしていた。

それをぐっと引き留めたのは、最愛の人の声と温もり。ルリアが俺の身体に強く抱き着き、大声で名を呼んでくれたことで俺は、正気を取り戻す。

「それ以上は駄目よ」

「……ルリア」

ようやく俺は冷静になる。すると、寒気がした。手にした力の意味と、その重さを実感したのだ。

俺は今、殺戮人形になりかけていたのか？

「落ち着いて。それ以上は……戻ってこられなくなるわ」

「……ああ、悪い」

そうだ、この場で優先すべきは、逃げたやつを追うことじゃない。

まずは――

「魔物のほうは俺に任せろ！」

「ボクたちもやるっすよ！」

「アスクさんはアリアさんのほうへ行ってください！」

「ありがとう」

俺はガルドさん、リズ、ラフランに魔物を任せ、倒れているアリアに駆け寄る。

セシリーが必死に魔法で治療している。しかし状況は好転していない。

「駄目……私の魔法でもこの傷は……心臓は戻せない」

セシリーが唇をかみしめる。

アリアはまだ、辛うじて生きてはいる。すさまじい生命力で。だが、それも長くは続かないだろう。

あと数分……いや、数十秒後には息絶えてしまうかもしれない。

大切な命が消えようとしている。

「俺に、力があれば……」

「――一つだけ、彼女を救う方法がある」

悔しさに俺が拳を握りしめていると、先生がそう言った。俺は喜びの声を上げる。

「先生？　それは本当ですか？」

「ああ。その方法は――」

先生から彼女を救う方法を聞く。

理解はできた。けれど、俺だけの判断でしてはいけないことのような気がする。

まずアリア本人の意見を聞きたい……が、彼女はとても喋れる状況ではない。

だから、代理としてセシリーに尋ねる。

「セシリー、彼女を救う方法がある。聞いてほしい」

彼女は説明を聞き、迷うことなく首を縦に振る。

「お願い！　アリアを……私の大切な仲間を助けて」

彼女はついに涙を堪えきれず、泣いた。いつもクールに、感情を制御していた彼女が、初めて見せる涙。心がぐっと痛む。

あとは――

「ルリア」

「聞く必要はないわ」

「いいんだな？」

「当然よ。だからお願い、彼女を助けて」

当たり前だ。彼女は絶対に死なせない。

彼女を救う方法、その第一段階を始める。俺は彼女の身体を抱きかかえ、顔を近付けた。

「ごめん」

聞こえていないかもしれない。それでも謝罪はしておこう。なぜなら俺は、これから彼女の大事なものを奪う。

大事なもの——そう、唇を。

先生から提案されたのは、彼女を俺の眷属にすること。

精霊王の契約者である俺は、他者を眷属にし支配下に置くことで、精霊王の力を共有することができる。

他の精霊使いにはない、俺だけの特権——眷属化。それを行うためには、口づけが必要だった。

「よし」

眷属化が成功し、俺は彼女の肉体の支配権を得る。これで、魔力による繋がりはできた。

アリアが心臓なしでも生きられている理由、それは聖剣が持つ聖なる力にあった。

人々の思い——希望から生まれた聖剣。その奇跡のような力が、彼女の消えそうな命の炎を、ギリギリのところで奮い立たせているのだ。

そして、聖剣が生み出す魔力は、感情から生まれるという点において、闇の精霊の力と限りなく近い。つまり、彼女の中に流れる力は、俺が持つ精霊王の力とも酷似していた。

似ているなら、操れる。

「聖なる力を支配するんだ。それで失った心臓の機能を補え」

「はい！」

サラマンダー先生の言葉を聞き、俺は集中力を高める。アリアの肉体を正常に機能させようとする聖なる力を、俺が意識的に操る。血を循環させるため、その力で疑似心臓を生成した。

アリアの呼吸が、少しずつ安定していく。

「ふぅ……ふぅ……」

「アリア！」

セシリーが叫び、アリアの手をつかむ。

「まだだ。これでも延命措置でしかない」

俺の集中が途切れたが最後、疑似心臓は消え、彼女は死んでしまう。その間に、心臓の代わりを用意する必要がある。

それはさすがの俺にも無理だ。だけど一人、それを可能にできるかもしれないやつがいる。

「バーチェ！」

「――――！」

突然名を呼ばれ、バーチェが息を呑んだ。

「頼む。魔導具で心臓の代わりを作ってほしい。今すぐに」

「い、今すぐって……」

「お願いだ！　お前にしか頼めない！」

彼女が無理ならもう、アリアを救う手段はない。

俺は祈るように手を組んで頼む。

バーチェの首には奴隷の首輪が付いている。それを使って『命令』してしまえば、バーチェは絶対的に俺の願いを叶えるために動くしかなくなる。でも、それはしたくなかった。

否、する必要はないのだ。

「……ったく、しゃーねーな！　待ってやがれ！」

「ありがとう」

彼女なら、そう言ってくれると思っていた。

首輪の効果なんてなくても、俺の願いを聞いてくれると、信じていた。

「貸しだかんな！」

「ああ、それでいい」

彼女が魔導具を作る間、俺は疑似心臓を維持し続ける。

ギリギリの綱渡りだ。一瞬でも気を抜けば彼女を死なせることになる。

そんなことはさせない。


一時間、五時間、十時間……一日が終わり、朝日が昇るまで。俺は一睡もせず、集中を切らすことなく力の操作を続けた。ここにきて、アリアとの特訓の成果が表れている。

俺は泣きそうになりながらアリアに呼びかける。

「お前のお陰なんだよ……アリア」

こんなことができるようになったのは、アリアがいたからだ。だから死ぬな。生きてくれ。遊びに来るって約束しただろ？

「できたぜ！　心臓！」

そこに、バーチェが吉報を持ってきた。

「――――！　さすがだ、バーチェ！　愛してるぞ！」

「こ、こんな時に変なこと言うなよ！」

勢い余って愛を叫ぶほど、俺は限界に達していた。疑似心臓の代わりに、魔導具で作り上げた心臓をアリアの胸に移植する。

魔導具の心臓と肉体とを繋ぐのも俺の仕事だ。彼女の聖なる力と、俺の中にある精霊王の力。それらを組み合わせ、肉体の回復能力を底上げして、彼女の身体と魔導具とを接続する。

「……よし」

接続は完了した。あとは疑似心臓を消滅させるだけ。

もし魔導具が失敗作なら、その直後に彼女は死ぬだろう。けど、そんなことにはなるまい。

バーチェが作ってくれたものを、俺は全面的に信用する。

ただ、それでも祈ってしまいはするが。

「アリア……」

戻ってこい。

「……ぅ……あれ？」

声が聞こえた。アリアの目が開いた。意識を取り戻したのだ。

その瞬間、セシリーが泣きながらアリアに抱き着く。

「アリア！　よかった……」

「セシリー？　私……ああ、そっか」

アリアが俺のほうを見る。安堵したような、優しい微笑み。

「また、助けられちゃったね」

「俺だけの力じゃない。みんなのお陰だ」

「そっか……」

「おかえり、アリア」

「——うん！　ただいま、みんな」

命を守り、繋ぎ止めた。

その充足感を胸に、俺はアリアに笑い返した。

第五章　新たなる王の鼓動

暗黒の世界。黒、黒、黒……何もない。

見えるものは漆黒と、自分自身だけ。数秒いるだけで頭がおかしくなりそうなこの空間こそ、彼にとっての帰るべき場所だった。

「勇者の心臓……」

集めた心臓は黒い棚に飾られる。かの魔王たちの心臓とともに、勇者アリアの心臓も並べられた。

飾られた心臓は全て、脈動している。本体から切り離されてなお、そこに宿る生命力は衰えていない。

ここにある心臓には全て、強大な力が宿っていた。

その力が失われない限り、心臓の鼓動が止まることはない。

「……やはり、まだ不足しているか」

集まった心臓を見つめながら、黒き魔王はため息をこぼす。

そして、呟く。

「精霊王の契約者、あの男の心臓も回収する必要があるな」

魔王はこうして、精霊王の契約者、アスクを明確に次なるターゲットに据えるのだった。

サラエの街に戻るつもりだったが、その予定は一旦保留になった。
あんなことが起きたあとだ。気持ちよく出発なんてできるはずもない。
俺たちはガルドさんが用意してくれた宿に戻り、ベッドで横になるアリアの傍らに座っていた。

セシリーやルリアたちも一緒だ。

宿屋に戻るなり、アリアは倒れるように眠ってしまった。

誰もが彼女に心配そうな眼差しを向けている。ルリアが俺に尋ねる。

「アスク……アリアは、本当に大丈夫なの？」

「ああ、とりあえず一命は取り留めた。バーチェの魔導具は、完璧だな」

「あったり前だろうが！　天才のオレ様にかかれば心臓の一つや二つ、余裕で作れるんだよ！」

「そうだな。天才のお前がいてくれてよかったよ」

「うっ、素直に言われると変な感じだな……調子狂うぜ」

じゃあからかえばよかったか？

普段ならそうしていたかもしれないが、今はそんな気分じゃない。一命を取り留めたとはいえ、アリアの心臓が奪われてしまったことは事実だ。

バーチェがいなかったら、彼女は今頃死んでいる。

今は素直に感謝したい気分だった。

「でも、起きる様子がないっすよ？」

「一度は目覚めたんですよね？」

心配そうにリズとラフランが尋ねてくる。

俺は軽く頷き、説明する。

「心臓を抜かれたんだ。その時のショックとダメージから、心身がまだ回復していないいんだろう」

「そもそも心臓を抜かれて即死しなかっただけでも、すごいことだものね」

「ああ、まったくだ」

ルリアと同じく俺も感心していた。普通の人間なら、心臓を抜かれた時点で即死する。

聖剣の力があったとはいえ、本人の生命力だって相当なものだ。

彼女が眷属になったお陰で、俺も彼女の中にある聖剣の力を感知できるようになった。

今も、肉体の修復のために聖剣の力が働いているのがわかる。

そこへガルドさんがやってきた。扉を開けて中に入るなり、俺たちに言う。

「全員の部屋の用意ができたぜ。今夜は泊まってくだろ？」

「そうさせてもらえると助かります」

「いろいろあったが、今は休んどけ。具体的な話はアリアが起きてからしようじゃねーか」

「そうですね。みんな、自分の部屋で休んでいてくれ。もう夜も遅いしな」

「アスクは？」

ルリアが俺にそう聞いてくる。俺は眠っているアリアに視線を向けた。

「今夜は彼女の傍にいるよ。眷属契約したばかりだから、リンクがまだ完璧じゃない。傍にいるほうが回復の手助けがしやすいんだ」

今こうしている間も、俺が精霊の力で回復を補助している。

そう説明すると、ルリアは納得したように頷く。

「そう。じゃあ任せるわ」

俺も頷き返し、次はセシリーに目を向ける。

「セシリーも休んでいてくれ」

「そうします。私がここにいても……やれることはないようですので」

彼女は、悲しそうに言った。

長年一緒に戦ってきた仲間が死の淵を彷徨っていたのに、何もできなかった。そして今も、聖なる力による治癒に頼らざるを得ない状況だ。心身の深いダメージに回復魔法はさほど効果がない。故に、無力感に苛まれているのだろう。

彼女の気持ちが伝わってくる。

「アリアが目覚めたら、セシリーから状況を説明してあげてくれ。そのほうが彼女にとっていいだろ」

「……そうですね、わかりました。アリアを、よろしくお願いします」

それからルリアたちは、それぞれの部屋に戻った。

俺はアリアの部屋に残り、ベッドの傍らに座ったまま彼女の左胸を見つめる。

思い浮かべているのは、あの男のことだ。

「あの魔王……俺と……」

「たまたまそう見えただけだ。アスクが気にすることではない」

「先生……」

サラマンダー先生が気遣ってくれた。契約している彼らには、俺の不安がダイレクトに伝わる。

魔王は俺と瓜二つの容姿をしていた。その事実に対する動揺も、彼らには筒抜けだ。

ノーム爺が言う。

「容姿が似るなどよくあることじゃ。そもそもあれは、人間ではないのだぞ」

「そうだヨ！　アスクに関係することじゃない！」

「妾たちが考えるべきことは他にあるわ。そうでしょう？」

「……そうですね」

ウンディーネ姉さんの言う通りだ。

考えるべきはそんなことよりも、やつが持ち去ったアリアの心臓のこと。

「やつは何のために心臓を集めているんでしょうか」

「我にもわからん。だが、よからぬことに使おうとしているのは明白だ」

サラマンダー先生はそう言って、苦い表情を見せる。同様の表情を、他の王様たちも浮かべていた。

先生は続ける。

「生物の心臓には力が宿る。生命の要であり、あらゆる力の源流。アスク、我らの力が宿っているのもお前の心臓だ」

「俺も……」

自分の左胸に手を当てる。血液を循環させる心臓には、それだけではない、特別な機能が備わっていた。

精霊王の契約者である俺も、そして……勇者である彼女も。

「……ぅ……アスク君？」

小さなうめき声が聞こえた。見るとアリアが目を開けるところだった。

「――！　目覚めたか」

「ここは……」

「ガルドさんの宿屋だ」

「そっか……アスク君……ずっと傍にいてくれたの？」

「ああ」

「……ありがとう。助けてくれたことも」

彼女は微笑む。いつもよりも弱々しく……けれど健気（けなげ）な、明るい笑顔で。

俺は、ゆっくり起き上がろうとする彼女の背中を支えながら言う。

「無理に起きなくていい」

「ううん、もう大丈夫だよ。ちょっと身体が重いだけで、どこも痛くないから」

「重いってことは、疲労しているってことだ。無理するな」

「……うん。でも、座るくらいは平気だから」

彼女はそう言って、両脚を下ろしてベッドに座った。

まだ少し辛そうだ。

俺は彼女を支えるために隣へ移動し、ベッドの端に腰を下ろすと、彼女の背中に手を回す。

「ありがとう。アスク君、普段よりも優しいね」

「怪我人相手だからな」

「……そうだね」

彼女は左胸に手を当てる。ドクン、ドクンと心臓の鼓動は手に伝わるだろう。ただしその鼓動は、偽物だ。アリアが一度起きた時に、そう説明はしている。

「違和感があるか？」

「ううん、これまでと違いがわからないくらいだよ。すごいね」

「バーチェがすごいんだ。明日褒めてやってくれ」

「うん。お礼も言いたいよ。私がこうして生きてるのは、みんなのお陰だから」

ぎゅっと、なくした心臓を握りしめるように、彼女は服の左胸のあたりを握る。

様々な感情が入り混じっているのがわかる。

生きていることへの安堵、心臓を失った不安、みんなへの感謝……そして——

「怖かった」

「アリア……」

死への恐怖。勇者である彼女は、誰よりも怖がりな女の子だった。恐怖を誤魔化(ごまか)すために、無理して笑顔を作ってきた。そんな彼女が感じた、人生最大の恐怖。

いや、それは彼女だけのものではない。俺だって怖かった。一歩間違えば、あの場に一人でも必要な人材が欠けていれば、彼女は死んでいただろう。

考えただけでもぞっとする。

俺も、あの場にみんながいた幸運に感謝していた。

「私の心臓……どこに行っちゃったのかな」

「わからない。ただ、破壊されていないことはわかる」

「そうだね。私にもわかるよ」

彼女はそっと目を瞑る。恐らく、聖剣を通して心臓の存在を感知できるのだろう。

俺も彼女を眷属にしたことで、その感覚が共有されている。

先生が言うように、心臓には力が宿っている。彼女の場合は聖剣の力だ。

「アリアがまだ聖剣の力を行使できるのは、心臓が無事だからだ。理由はわからないが、やつは心臓を破壊するつもりはないらしいな。幸運と言うべきか……」

「不気味ではあるがのう」

「そうですね、ノーム爺」

一体何を企んでいる？

やつはアリアの心臓以外にも、かつて魔王と呼ばれた悪魔たちの心臓を収集していた。

更には、フェニックスとドラゴンの心臓も手に入れている。

バーチェが言っていたように食べて力を得るのが目的なら、とっくに取り込んでいるはずだ。

「魔導具にでも使う気なのか？」

「私の心臓を？」

「ドラゴンやフェニックスの心臓は魔導具の材料になる。バーチェがそう言ってただろ。だから、可能性としてあり得るかもしれない」

「……そうなったら私、どうなるのかな」

アリアの表情に不安が滲んでいく。

心臓がなくなれば、聖剣の力は失われるか、大幅に弱まるだろう。

それだけじゃない。心臓が戻らないということは、疑似心臓なしでは生きられなくなるということだ。魔導具だって無制限に動き続けるわけじゃない。使い続ければ劣化するし、バーチェがいない時に壊れでもしたら……。

不安要素ばかりが浮かんでしまう。

「あんまり悪いことばっかり考えちゃ駄目だヨ！　二人とも！」

「シル」

「心臓は無事。だったら利用される前に取り戻せばいいんだヨ！　そうだよネ？」

「そうですね。取り戻せばいい」

シルの言う通りだ。悪いことばかり考えるな。

他の魔王の心臓も、そのままの状態で保管されていた。理由はわからないが、やつはすぐに心臓を使うつもりはないらしい。どれくらい猶予（ゆうよ）があるかはわからない。それでも、希望は失われていない。

「大丈夫だ。必ず心臓は取り戻す」

「アスク君……」

「アリアは勇者だろ？　魔王に負けていいのか？」

「それは駄目だよ！　私はまだ負けてない！」

「その意気だ」

元気のないアリアは見たくない。どうしてかわからないけど、彼女には笑っていてほしいと思う。

その笑顔を、守りたいとも思ってしまう。

「一緒に取り戻そう。今度は俺も油断しない。あの魔王から心臓を奪い返して、何が目的なのか聞き出してやる」

「うん！　私の心臓だもん！　返してもらわないと困るよ！」

「やっと少し元気が戻ったか？」

「アスク君のお陰だよ。心臓取られちゃった時も助けてくれたし、アスク君には助けられてばっかり……」

ぼーっとした顔で、彼女は俺を見つめている。

もしかして魔導具に異変があったのか？

俺は心配になって彼女に尋ねる。

「どうした？」

「あ……き……」

「き？」

「キスしちゃったよ！　私、アスク君と！」

「……え？」

今更それを言うのか？

キョトンとする俺に対して、アリアは顔を真っ赤にして慌て出す。

「どうしよう、どうしよう！　アスク君は結婚してるのにキス……不倫！　不倫しちゃってるよ！」

「ふりっ！　お、落ち着けアリア！　あれは不可抗力！　というか仕方がなかった。不倫じゃないから」

「ほ、ホントに？」

「ああ。ルリアもわかってくれている……と思う。たぶん……きっと……」

大丈夫だよな？　いや、ちょっと不安になってきたぞ。ルリアは結構嫉妬深いから、言葉にしないだけで気にしているんじゃ……。

「あ、明日、一応聞いてみるか」

「私も謝る準備はしておくよ！　土下座の練習しないと……」

「そうだな。最悪二人で土下座するしか……」

「今から練習する？」

二人して不安になって、土下座のシミュレーションまで始めてしまった。

そんな俺たちを、王様たちは呆れながら眺めている。

「お前たちは何をやっているんだ」

「ほほほっ、よいではないか」

「ふふっ、いいコンビね」

「仲良しだネー」

翌朝。最初に部屋にやってきたのは、セシリーだった。

「アリア！」

「セシリー！　おはよう！」

「もう！　おはようじゃないわよ」

セシリーは目を潤ませながら、ベッドから起き上がろうとするアリアに抱き着く。

「うわっ！　セシリー？」

「心配したのよ？」

「――うん、ごめんね」

アリアもセシリーを抱きしめ返す。

きっと俺たちの中で一番アリアの無事を喜んでいるのは、セシリーだ。

セシリーはアリアから離れると、俺のほうへ振り向く。

「ありがとう、アスク」

「俺だけの力じゃないよ」

「それでも、感謝しているわ」

「……どういたしまして」

俺は二人を連れて部屋を出る。

朝食を取るために、ガルドさんも含めた全員が一晩ぶりに集まった。

アリアの姿を見た瞬間、ガルドさんは嬉しそうに笑う。

「元気そうじゃねーか」

「あははは っ、お騒がせしましたー」

「まったくだぜ。もう動いて平気なのかよ？」

「うん！　まだ激しい運動は駄目ってアスク君に言われてるけど、普通に生活する分には平気だよ！」

アリアがいっぱいに両腕を広げて、元気になったとアピールしている。

ガルドさんも安堵のため息をこぼした。

「能天気なやつだぜ。ま、アリアらしいか」

「そうですね」

セシリーもようやくいつもの落ち着きを取り戻したようで、呆れるガルドさんに同調していた。

アリアはそんな二人の反応に笑顔を見せ、続けてバーチェに視線を向ける。

「バーチェが作ってくれたんだよね？　この心臓！」

「おう。そうだぜ？　すごいだろ！」

「うん！　すっごく嬉しい！　ありがとね！」

「へへっ、勇者に褒められた悪魔なんて、オレ様が初めてだな！」

「勇者に褒められて喜ぶ悪魔も史上初だろうな」

「べ、別に喜んでねーし！」

俺のツッコミにバーチェは言い返すが、相変わらず照れ隠しがへたくそだ。顔を赤くして、ニヤケた顔で否定しても誰も信じないぞ。

しばし、楽し気な空気が流れる。ふと、ルリアと目が合った。

「お疲れ様、アスク」

「ああ」

「昨日は寝てないでしょ？」

「少しは寝たよ」

「そう。眠ったっていうのは、椅子に座って？　それとも……同じベッドで？」

「「――――！」」

俺とアリアは同時にビクッと身体を震わせた。

ルリアは笑顔だ。だが……笑顔がこんなに怖いと思ったのは初めてだ。

アリアは、瞬時に俺の背後に隠れている。

「や、やっぱり怒ってる？」

「何にかしら？」

「わ、私が……アスク君とキスしたの」

「キス……そうね」

「ひっ！」

ルリアがアリアを睨む……が、すぐにふっと笑う。

「冗談よ。怒ってるわけないでしょ？」

「ほ、ホントに？　土下座しなくてもいい？」

「土下座なんてされても困るわよ。アスクもよ」

「あ、はい」

二人同時土下座を披露（ひろう）するべきか真剣に悩んでいたが、それを見透（みす）かされてしまって、居たたまれない気持ちになる。

ルリアは微かにため息をこぼし、俺たちに向けて言う。

「あれは仕方がなかったことでしょ？　そうしなかったらアリアは死んでいたわ。私がもしアスクの立場でも、同じことをしたと思う」

「ルリア……」

彼女は俺を見て優しく微笑む。心からホッとする。

結婚して一年も経っていないのに、不倫で離婚なんてことになったら心がもたない。

「だからって怒ってないわ。アリアが無事でよかったわよ」

「ホントのホントに怒ってないんだね？」

「しつこいわよ。怒ってないって言ってるでしょ？　それともまさか……私が知らない間にまたキスしてたり――」

「してないよ！　絶対してないから！」

慌てて否定するアリア。してないのは事実なのだが、あまりに必死に否定するから、逆に嘘なんじゃないかと疑われそうだ。

ルリアは、俺にも視線を向けてくる。

「……してないわよね？」

「していません。精霊王様たちに誓います」

「そう。ならいいわ……でも、そうなっちゃうのも時間の問題かもね」

後半の言葉はかなり小さく、聞き取れなかった。俺は聞き返す。

「ルリア？」

「なんでもないわ。私はアスクを信じてる。今までも、そしてこれからも変わらないわ」

「お、おう。ありがとう」

何だろう？　ルリアが何か、諦めたような顔をした気が……。

気のせいだろうか。

「話は一旦終わりだ。飯にするぞ！」

「やったー！　お腹ペコペコだよー！」

ガルドさんの掛け声に、アリアが無邪気に反応する。俺はルリアと一緒に呆れ顔で笑った。

朝食と、その片づけが終わった。

そうして落ち着いたところで改めてテーブルを挟んで座り、今後についての話し合いを始める。

「現状わからないことが多いけど、やることは決まってる」

「だな。アリアの心臓を取り戻す、だろ？」

俺とガルドさんは視線を合わせて頷く。ガルドさんが言う通りだ。魔王の目的は不明。けれど、アリアの心臓を奪ったことは変わらない。心臓が無事であるうちに取り戻す必要がある。

ルリアが俺に尋ねる。

「でもどうするの？　場所がわからないわ」

「いいや、そうでもないんだ」

手掛かりはある。どうやったのかはわからないが、やつはアリアの心臓をその機能を保った状態で奪った。それが、こちらの勝機になり得る。

アリアは、自分の胸に触れながら説明する。

「私、自分の心臓の気配をずっと感じているんだ。ずっと遠くだし、細かい場所まではわからないけど、方角ならなんとなくわかるよ」

「俺にも彼女の感覚が伝わってきている。ここより北に、アリアの心臓はある。おそらくやつもそこにいるんだろう」

「なら追うか？　俺も協力させてもらうぜ。あんな危険なやつ、放置できねーからな」

「私たちも一緒よ。いいわよね？」

「ああ」

ガルドさんとルリアが力強い言葉をくれる。

ルリアに関しては、実力的に不安がある……が、彼女がその判断を曲げないことは、目を見ればわかる。まぁ、いざという時は俺が守ればいい。

それに、彼女の力もきっと必要になる。そんな予感が確かにしていた。

「家に帰るのは、まだ当分先になりそうだな」

「そうね」

愛しき我が家に晴れやかな気分で帰るためにも。

渦巻く恐怖と不安を取り除こう。

◇◇◇

朝から続いた作戦会議は、正午に終わった。

ひとまず準備が整い次第旅に出ることが決まり、それまでは各々自由に過ごすことになった。

アリアの状態は現在、かなり安定している。眷属契約をしたことで、彼女にも精霊王の力が流れ始めている。その力が、聖剣の治癒効果を向上させているのだ。

まだ激しい運動はできないが、旅に出るまでには回復するだろう。

作戦会議と昼食を終えたあと、俺はアリアに精霊王の力をレクチャーすることにした。

「精霊の力の性質は聖剣の力と似ているから、違和感はないはずだ」

「うん。全然違和感なし！　むしろしっくりくるくらいだよ！」

彼女は今、眷属契約で俺と繋がっている。俺が許可をすれば、精霊王の力の一部を行使することができる状態なのだ。

「使い方は感覚で慣れるしかないからな。まずは王様たちから誰か一人を選んで、力を使ってみよう」

「わかりました！　アスク先生！」

「先生か」

初めて言われたけど、悪くない響きだな。

そう思っていたら、同じく『先生』と呼ばれている彼が反応する。

「ならば我の力はどうだ？」

「サラマンダーとは相性がよくないんじゃないかしら？　すぐ怒るし、イライラするし」

「貴様らが煽(あお)るからだ」

姉さんの言葉にサラマンダー先生が強く返す。先生は基本的に俺には優しいが、他のみんなよりも怒りの沸点(ふってん)が低いらしい。

能力を行使する上で、感情は重要な要素だ。魔力はこの世を構成する要素そのもの。それ故、感情だって魔力と紐づいているのだ。俺が感情を取り戻せたのだって、精霊王様方から感情ごと魔力を受け取ったからなのだし。

　ともあれ、サラマンダー先生は怒りの感情が強い。怒っているイメージのないアリアと性格的に相性がよい気はあまりしないな。

「性格的に相性がよさそうなのは、シルかな」

「そうだネ！　ボクも感じてる！」

「私も！」

　シルとアリアは雰囲気も近い。波長も合うようだ。

「じゃあシルの力から試してみるか」

「いいや、我からにしておけ。性格はさておき、今後の戦闘を見越すならな」

「あー、そういうことね。確かにそっちの相性はいいわね」

「うむ。ワシらよりものう」

　姉さんとノーム爺は納得しているようだ。

　俺はまだ理解が追い付かない。性格ではなく別の相性？

　少し考えて、ルリアのことが思い浮かぶ。暗黒大陸ではアリアとルリアが共闘することもあるだろう。そうなると、能力の相性がよいに越したことはないな。

「そうか。ルリアとの相性の話か。ルリアは風の精霊使いだ。彼女の風と、先生の炎を合わせれば、火力と範囲が一気に向上する」

「なるほど！　炎と風！」

アリアも最後に理解したようだ。

これからの悪魔たちとの戦闘を見据えても、意味のあることだろう。アリアの心臓を奪った魔王以外にも、暗躍している悪魔はいるはずだ。

この先、アリア一人で解決できない場面は必ず来る。

その際に、他者と協力する術を持っていれば、選択肢が広がるだろう。

「炎は攻撃力が高いし、ルリアの戦い方との相性を考えても悪くないか」

「そうだね。じゃあ、サラマンダー先生！　お願いします！」

「うむ、いいだろう」

先生が嬉しそうな表情を浮かべている。

どうやら先生は、アリアのことを密かに気に入っていたようだ。

他の王様たちはそんな先生を見ながら、クスクスと笑う。みんなは気づいていたらしい。

「何を笑っている！」

「べっつに～」

「気にしすぎじゃよ」

「サラマンダーは意外と面倒見がいいわよね」

「くっ……」

先生が恥ずかしそうに熱を発する。なんとも微笑ましい光景だ。

「ごほん！　話を進めるぞ。我らの力の使い方は、アスクの感覚を通して掴むのが効率的だ」

先生が空気を変えるように固い声で言った。

「ですね。アリア、手を」

「ん？　手？　こう？」

差し出された手を俺が握ると、アリアはビクッと震えた。

「わっ！　な、何!?」

「直接触れて、感覚を共有するんだ。これが一番手っ取り早い」

「そ、そうなんだ！　急に手を握られたから、びっくりしちゃったよ」

「うん？　それは悪かったな。次から気をつけるよ」

そんなに驚くことだったたか？

アリアは頬を赤くして、照れ笑いを浮かべている。

眷属になったことで、俺とアリアは感覚の共有も可能になっていた。彼女と握った手から、羞恥と嬉しさの感情が流れこんでくる。

この嬉しさは——

「アスク君？」

「ん？　ああ、すまない。じゃあ早速始めよう」

「うん！　よろしくお願いします！」

疑問を呑み込んで、精霊王の力の使い方を教える作業に集中しなければ。

出発までは時間が限られている。余計なことを考えている暇はない。

やれることは全部やっておこう。次にやつと相対した時、後悔なく戦えるように。


今日一日は、特に濃い時間を過ごした。

しかし旅に出れば、もっと濃い日々を送ることになる。

長旅になるだろう。

いつ我が家に帰れるかは、今のところわからない。

「はぁ……疲れた」

俺はベッドに腰を下ろし、そのまま転がるように寝そべる。

天井を見上げながら、思わずため息をこぼした。

「あまり気負いすぎるな、アスクよ」

「そうですね、先生。わかってるつもりなんですが……」

「心配じゃな」

「はい。ノーム爺」

不安や心配は絶えない。何せ相手は、過去最強の敵だ。

一瞬対峙しただけで、今の俺では勝てるかどうかわからない相手だと思わされるなんて、今まで一度だってなかった。

それは王様たちも感じている。

古の魔王たちから心臓を抜き取ることができる強者に、果たして勝てるのか。大切な人たちを守り、アリアの心臓を取り戻せるのか。

「勝てるヨ！　ボクたちならネ！」

「妾たちがついているわ。あなたは史上初めて、妾たち四人と契約を果たした人間よ。あなたより強い男を、妾たちは知らないわ」

「ありがとうございます。シル、ウンディーネ姉さん」

俺は目を瞑る。

そうだ。今の俺は、何もできなかった子供の頃とは違う。力がある。守りたいものもある。負けられないんだ。

目を開けると、ルリアが俺のことを見下ろしていた。

「起こしちゃったかしら？」

「いいや、目を瞑っていただけだよ」

「そう」

彼女は俺の隣に腰を下ろす。

俺は起き上がって、彼女に寄り添った。

「みんなは？」

「もう寝たわ。疲れているのはみんな一緒ね」

「そうか。……明日から頑張らないとな」

「ええ。アリアの心臓のためにね」

何となく言葉に棘があるような気がするな……。

俺は恐る恐る尋ねる。

「あの、怒ってる？」

「どうして？」

「いや、なんとなく……俺がアリアと仲良くしてるから、とか」

「……やましい気持ちでもあるの？」

「いや全然！　断じてない！」

俺は勢いよく手と首を横に振って否定した。

そんな俺を、彼女はじっと見つめる。

「じゃあたとえば、アリアがあなたのことを好きだと言ったら？」

「――――！」

唐突に投げかけられた鋭い質問に、俺は思わず言葉を失った。

アリアが俺のことを？

ルリアが言った通りの場面を思い浮かべる。俺は一体、なんと答えるだろうか。

「……即答できないってことは、そういうことね」

「いや……その……」

「否定しなくていいわ。あなたが優しいのはわかっている。誰よりも」

「ルリア……」

ルリアの手が、俺の手に触れ――ぎゅっと握ってくる。俺も優しく握り返す。

「意地悪な質問をしたわ。答えがほしかったわけじゃないの。ただ……覚えておいて」

彼女は握った手を、自分の胸に引き寄せる。

ドクドクという、心臓の鼓動が感じられる。

「私はあなたが真剣に悩んで決めたことなら、なんだって受け入れるわ」

「――ルリア……」

「アスクが思うようにすればいいわ。きっとそれが、私にとっても幸せなことだから」

どこまでも俺の心に寄り添ってくれる。

なんて健気で、なんと美しいんだろう。

「……俺たちは夫婦だ。そのことだけは絶対に揺るがないよ」

この手を離したくない。強くそう思った。

「ええ、知っているわ」

「……まぁ、彼女の気持ちはわからないし、単なるたとえ話で終わる気もするけど」

「それはどうかしらね。案外もう……好きになっているかも」

「そう……なのか？」

「女の勘よ」

そういうのって当たるよな、意外と。

ルリアは俺に顔を近付ける。

「あなたの選択を尊重するとは言ったけど、一番は譲らないから」

軽く、唇が触れた。

同じ頃。別の一室では、ベッドにダイブしたアリアを、セシリーが注意していた。

「はぁ～　疲れたよぉ～」

「ちゃんと着替えてから寝なさい」

「わかってるよー」

「もう、よほど特訓が大変だったのね。アスク、意外とスパルタだったのかしら？」

「そんなことないよ？　すっごく優しく教えてくれた！」

アリアは起き上がり、アスクに握られた手を見つめる。特訓の時の情景を思い返し、アリアは思わず笑みをこぼす。

「えへへっ」

「楽しそうね」

「うん！　アスク君と一緒にいるとね？　なんだかドキドキして、温かい気持ちになるんだ！」

「それって……」

「こんなの初めてだよ！　なんでかな？」

彼女の心にはもう、新たな想いが生まれていた。でも、アリア自身は気付いていない。

しかし、ずっとアリアを見てきたセシリーはそれがなんなのか、答えを知っていた。

彼女は、優しく微笑む。

「さぁ？　なんででしょうね」

自分で気付くべきだと考えた彼女は、あえて言葉を濁した。

アリアがその想いを自覚した時、果たしてどうなるのか。セシリーは不安よりも、期待を抱く。

これも一つの、女の勘。

「彼ならきっと……」

「セシリー？」

「なんでもないわ。早く着替えなさい」

「わぁ！　自分で脱げるよぉ！」

アリアは純粋だ。好意を抱くことは多く、すぐに他人を好きになる。けれど、今回は違う。

特別な想いが、彼女の中に初めて生まれた。その想いが恋だと、いつ気付くだろうか。

第六章　新たな旅に向けて

アリアが目覚めてからほぼ毎日、俺たちは精霊の力を使うための訓練に勤(いそ)しんでいた。今も宿のすぐ外で、特訓中だ。

俺とアリアは手を握り、感覚を共有する。

「イメージするんだ。空気が熱を帯び、炎が燃え上がる」

「炎のイメージ……」

「そう。猛々(たけだけ)しく燃える炎は、敵に向ける業火(ごうか)にもなれば、味方を照らす温かい灯りにもなる。悪(あ)しき存在だけを燃やす炎を生むんだ」

精霊の力を使い熟す上で重要なのは、能力をどう発現させるかを明確にイメージすること。イメージは魔法においても大切な要素だけど、自身の魔力を消費せず、世界に働きかけて能力を発揮する精霊の力においては、より重要性が増す。

俺たちはこの世界に生まれ、生きている。

太陽が輝き、風が吹き抜け、時に雨を降らし、大地は自然を育(はぐく)んで成長させる。そんな当たり前の光景、あって当然のものこそが、俺たち精霊使いの武器であり手足になるのだ。

「炎を燃やせ。この手に」

「炎を――」

俺とアリアはお互いに、右の手のひらをかざす。その間に、眩い炎が燃え上がった。その炎はとても熱く、猛々しく、しかし優しかった。

「うん。しっかりイメージできているみたいだな」

「やったー！　ちゃんとできたよ！」

子供みたいにはしゃぐアリアを見て、俺は少し呆れながら笑う。

俺の眷属であるアリアは、俺の中に宿る精霊王の力を行使することが許されている。この燃え上がる炎を生み出したのは俺ではなく、彼女のイメージだった。

だから彼女が嬉しそうにはしゃぎ、集中力が途切れると……

「あ、消えちゃった」

「集中が切れたからな。戦闘中そうなったら大変だ。いつどんな時でも、イメージが崩れないようにしよう」

「わかった。難しいんだね？　精霊さんの力を借りるのも」

「そうだな。俺も慣れるまでは苦労したよ」

「アスク君も？」

俺はこくりと頷き、この力を手にしたばかりの頃を思い返す。

何も持ち得なかった俺に与えられた力。それはあまりに大きくて、人の身に余るものだった。

感情を手に入れたばかりだった、というのもあるだろう。

戸惑ったり、悩んだり、上手くいかなくて苦しいとも感じた。

そんな俺を支えてくれたのは、やはり優しくて偉大な精霊王たちだった。

「俺には力の使い方を教えてくれる王様たちがいたから、なんとかここまで来られたんだ」

「アスクは筋がよかった」

「うむ。呑み込みが早かったのう」

「妾たちの話をよく聞いて、一つも忘れることなく覚えてくれたわね」

「素直でいい子だったヨ！　それは今も変わらないけどネ！」

王様たちが一斉に、俺のことを褒めてくれた。なんだか恥ずかしくて、顔を伏せたくなる。

友人の前で、親が子の自慢をするような感覚……なのかな？

俺にとって王様たちは、孤独な子供時代を支えてくれた友人であり、師であり、親代わりのような存在だった。

「アリアもすぐ慣れるヨ！　アスクと一緒で素直でいい子だもん！」

「そうかな？　上手くなれるかな？」

「なれるヨ！　ボクたちも応援してるからネ！」

「うん！　ありがとう、シル！」

シルがアリアを鼓舞し、それに応えるようにアリアも元気いっぱいに笑顔を見せる。

やっぱり性格的な相性は二人が一番合っているようだ。

もしかしたら俺とシルより相性がいいかもしれない。そう思うとさすがに妬けてくるな。

その感情は王様たちに伝わり、契約で結ばれているアリアにも届く。

「アスク君……」

「ひょっとして焼きもちかな？　安心してヨ！　アスクあってのボクたちなんだからネ！」

「べ、別にそういうんじゃないですから」

誤魔化したところで筒抜けだから無意味なのに、恥ずかしくて目を逸らす。

シルとアリアはからかうように、俺の視界の中に入り込もうとする。

そんな俺を見ながら微笑ましそうに笑うウンディーネ姉さんとノーム爺。そして、俺よりも焼きもちを焼いているのがサラマンダー先生だ。

「お前たち……今は我の番だぞ？」

「サラマンダーが嫉妬してるヨ！」

「寂しがり屋じゃのう」

「小さい男ね。そういう感情は妾の担当よ？」

「喧しいぞ貴様ら！　アリア！　いいから次の特訓を始めるぞ！」

「はい！　頑張ります！　先生！」

「うん、そうだな」

サラマンダー先生は、アリアに先生と呼ばれると、一瞬で機嫌がよくなる。

失礼を承知で思う。

「単純だネ！」

「言っちゃ駄目だろ、シル」

「大丈夫大丈夫。どうせ聞いてないしネ！」

「……確かに」

既に先生は自分の力の使い方についてのレクチャーを始めていて、こっちの話は耳に入っていないようだった。俺も加わろう。

「アリアも感覚は掴めてきたみたいだし、そろそろ本格的に戦いに取り入れる方法を考えよう」

「ちょうどその話をしていたところだ。アスクよ、ここから先は我に任せてもらえるか？」

「そのつもりでした。アリア、先生の言うことをしっかり聞くんだぞ？」

「うん！　アスク君はどうするの？」

「俺は俺で特訓だ。強くならなくちゃいけないから」

俺は握った拳を見つめる。

俺たちを襲い、アリアの心臓を奪っていった現代の魔王。やつの力は強大で、今のまま戦っても確実に勝てるとは言い難い。

いや、正直に言えば、俺たちが負ける可能性は低くないと思っている。

この力を手にしてから一度も感じたことがなかった……敗色。相対しただけでそれを想起させてくるような相手ではあるが、戦わない選択肢は、アリアの心臓が奪われた時点でなくなってしまった。

「だからって無茶しちゃ駄目よ？」

「――ルリア」

俺とアリアが特訓しているところに、ルリアがひょっこりと顔を出した。彼女はほんのりと、美味しそうな香りをまとっている。

「朝食ができたわ」

「わかった。アリア、先生も。朝の訓練はここまでにしましょう」

「はーい！」

「むぅ……ここからだというのに」

「食べ終わってから再開しましょう。せっかくルリアが作ってくれた料理が冷めちゃいますから」

「それはよくないな。食事は身体を作る。しっかり食べて大きくなりなさい」

「うん！　あっさごっはん！　今日は何かなー！」

父親みたいなことを言う先生に、アリアは元気いっぱいに返事をして、宿へと戻っていく。

彼女は食べるのが大好きで、特に最近はルリアが作ってくれる料理がお気に入りらしい。

気に入るのもわかる。ルリアの手料理は、そこらの飲食店にも負けないほど美味しい。ルリアはサラエの街を出発する前に、お祖母ちゃんたちから料理を教えてもらっていたが、そこからも日々努力を続けていた。その成果がしっかり表れている。

「修業は順調そうね」

宿に戻りながら、ルリアが話しかけてくる。

「一応はね」

「歯切れの悪い返事ね。上手くいっているのでしょう？」

「ああ、アリアは順調に精霊の力を使えるようになってきてる。もう少し進んだら、ルリアにも手伝ってもらうと思う」

「私はいつでもいいわ」

「頼もしいな」

「二人の力は、これからの戦いに必要だ。できるだけ早く身に付けてもらわないと困る」

「……そろそろ出発しようと考えているのでしょう？」

「……ああ」

ルリアには契約などなくても、俺の感情が伝わっている。

そう、俺は少し焦っていた。

奪われたアリアの心臓が無事なことは、彼女に宿る聖剣の力でわかっている。今もどこかで、彼女の心臓は動いていた。

しかし、安心はできない。魔王の目的は不明のままであり、いつまで彼女の心臓が無事なのかはわからないからだ。

「感覚でわかる。アリアの心臓は、まだ北から移動していない。おそらくどこかに保管しているんだ」

魔王のアジト――つまりは現代の魔王城に、アリアの心臓は保管されていると見ている。

聖剣の繋がりで心臓がある方角や、大体の距離はわかる。しかし、細かい位置はもっと近付かなければわからない。

俺たちは心臓を取り戻すために、旅に出る必要がある。

「それで、さすがに今回は……」

「そうね。きっとわかってくれるわ」

「……ああ」

朝食が終わったら、みんなに話をしようと思う。

これからのことを。

「明日の朝、出発しようと思う。アリアの心臓を取り戻す旅に」

俺は予定通り、朝食を食べ終わったタイミングで、そう切り出した。

テーブルを囲み、俺は大切な仲間や家族たちと向き合っている。

「心臓の場所は変わってないのか？」

バーチェが尋ねてくる。

「ああ。近付けば更に具体的な位置もわかるだろう。彼女が持つ聖剣の力のお陰だ」

「へぇ、聖剣って便利なんだな。オレ様は悪魔だから、あんま近付けないでほしいけど」

悪魔のバーチェにとって聖剣は天敵だった。

本能的に避けてしまうのは仕方がないが、仮にも魔王を名乗っていたのだから、情けないことを言わないでほしい。

「そこで出発前に、誰が一緒に行くかを話し合いたい」

「誰が？　全員じゃねーのかよ」

バーチェはキョトンと首を傾げて周囲に目をやった。

「んじゃ、先に言っておくぜ？　すまねぇが、今回俺は不参加だ。この街に残る」

「え？　ガルドさん、行かないの？」

アリアが大きく目を開いて驚く。

そういう反応になるのはよくわかる。ガルドさんは少し悔しそうな顔で、俺と視線を交わしてから説明を始める。

「そりゃ行きたいさ。けどな？　Sランク冒険者全員がここを留守にして、万が一にもまた魔王が襲ってきたらどうする？」

「――――！　それは……」

「わかるだろ？　ここ最近だけで、この周辺の街が立て続けに悪魔の脅威に晒されてるんだ。いざって時に戦えるやつが残ってないと、帰ってきたら自分の街がなくなってた、なんて笑えねーことになる」

ガルドさんは腰に手を当て、窓から見える街の景色を眺めながら呟く。

「ここは俺の街だ。サラエの街だって馴染み深い。俺にも守らなきゃならないもんがあるんだよ」

「……そうだね」

「――って感じだ。いいんだよな？　アスク」

「はい」

先ほどガルドさんが言ったことは半分が本音で、半分が建前だ。

実はこの話し合いをする前に、ガルドさんには今後について少し相談していた。全員で行くべきではないことは、彼もわかっていたから。

ここに残るという提案は、ガルドさんのほうからしてくれた。

元々彼は同行する気満々だったが、俺やアリアを気遣ってそれを曲げてくれたのだ。

同行しない他の仲間の安全を担保すれば、俺らが動きやすくなる――そう考えてのことだ。

「アスク、あなたから話していいんじゃないかしら？」

「ルリア」

「もう決めているんでしょう？　誰と一緒に行くのか……誰を、残すのか」

「……ああ」

そう、とっくに決めていた。この旅路に同行するメンバーは……。

「俺とアリア、ルリア、それからバーチェの四人だ」

「ゲッ！　オレも!?」

バーチェだけ、ものすごく嫌そうな反応をする。

この反応を見る限り、全員が行くわけじゃないと言われた時点で、自分は安全な場所で留守番できるとでも思っていたのかもしれない。

……いや、そんなわけがないだろう。

「アリアの疑似心臓はお前が作ったものだろ？　いざという時に修理できないと、彼女の命に関わるんだ」

「う……確かに」

「実力的には足りてないから、正直悩んだけどな」

「なんだと！　オレ様だって強くなってるだろうが！」

「そうだな。強くはなっているよ」

プンプンと子供みたいに怒るバーチェを宥める。

実際、彼女は着実に成長していた。俺と初めて対峙した時とは比べられないほど。それでもこれからの戦いを想定すると、明らかに力不足だ。

それは、彼女たちも同様。

「リズ、ラフラン、悪いが二人は留守番だ」

「そんな気はしてたっす」

「……はい」

二人とも、驚いていなかった。俺がメンバーに選ばないことをわかっていたのだろう。

バーチェと同じように、着実に成長している彼女たちだけど、今度の相手は俺でも勝てるかどうかわからない魔王だ。アリアの心臓もかかっている。

はっきり言って、足手まといになる人間は同行させられない。これは彼女たちの命を守るための選択でもある。ギリギリの戦いの中で、俺が確実に守れる人数は限られるだろうから。

心苦しいが、彼女たちを危険に晒したくない。

「そんな顔しないでほしいっす！　自分たちのことはわかってるっすから」

「私たちはここで待ちます。無事に戻ってきてください」

俺を気遣ってそう言ってくれたリズとラフランに、俺とルリアは言う。

「ああ、待っていてくれ。必ず戻るから」

「ありがとう、二人とも」

ルリアもこの選択には賛成してくれた。

俺たちにできることは、無事にアリアの心臓を取り戻し、再びここへ戻ってくることだけだ。

さて、こちらの話はまとまった。

あとは、アリアさえ納得してくれれば……。

「なんで？　セシリーも一緒に行かないの？」

「……ごめんなさい。私はここに残ることにしたの」

「どうして！」

「……」

「彼女を責めないでほしい。俺からお願いしたことなんだ」

「アスク君？」

セシリーに詰め寄るアリアの肩に手を乗せた。

俺は事前にセシリーにも相談していた。初めはセシリーも同行する予定だった。だが、ガルドさんが街に残ることを決めた時に、街を護るにはどうしたらいいか、再度現実的に考えたのだ。

その結果――

「戦力を分けたほうがいいと思ったんだ。周辺の街が襲われた時に、ガルドさんと一緒に対応できる人員がほしかった。セシリーなら任せられる」

セシリーの魔法使いとしての実力は、間違いなくこれまで出会った中で一番だ。ずっとアリアを支えていた彼女は、多数の敵との戦闘に長(た)け、仲間を守り強化する術も持っている。

先日攻め込んできた魔物の群れより更に大きな戦力が街に投じられないとも限らない。そう考えると、セシリーには残ってほしかった。

セシリーは、アリアに優しく微笑みかけながら言う。

「でも、提案を受け入れたのは私自身の意思よ」

「なんで……いつも一緒だったのに」

「そうね。一緒だったわ」

「セシリー……」

アリアも子供じゃないから、理屈は理解しているのだろう。だから彼女は、嫌だというわがままを絶対に口にしない。

それでも悲しそうで、寂しそうだった。

リズたちを置いていく選択以上に心苦しい。それでも俺は、この選択は間違っていないと思っている。

「ねぇ、アリア？　私がアリアから離れなかったのはね？　あなたを放っておけなかったからよ」

「え？」

「だって危なっかしくて、私が見ていないとすぐ無茶をするもの。他の誰かに任せるなんて考えられなかったわ。でも今は……」

セシリーの視線に釣られるように、アリアは俺やルリアのほうを見つめた。セシリーは優しく微笑み、続ける。

「アリアを任せられる仲間ができた。アリアのことはアスクたちに任せられる。だから私は、ここと、ここに残る人たちを守ると決めたの」

「セシリー……」

「不安なのはわかるわ。私だって同じ……でも、それ以上に今は期待しているの。次に会った時、アリアはきっと大きく成長しているわ」

「……うん！　絶対もっと強くなるよ！　約束する！」

アリアは涙をぬぐい、精一杯の笑顔でそう宣言した。これは悲しい別れではない。それぞれが自分の役割を果たし、未来へ繋ぐための選択だ。

セシリーは嬉しそうに頷くと、こちらを向く。

「アスク、あとは任せるわね」

「ああ。リズたちのことはセシリーに任せるよ。時間があれば鍛えてあげてほしい」

「そのつもりよ。厳しいけど、我慢してね？」

「大丈夫っすよ！　お兄さんがビックリするくらい強くなってるっすから！」

「よろしくお願いします！」

「頑張れ！　期待しているから」

俺はリズとラフランの頭を優しく撫でた。

今生の別れじゃないとわかっていても、寂しいと感じるのは仕方がない。

人はこんな感情を抱きながら、出会いと別れを繰り返しているのか。

感情を手に入れたからこそ、その重さと大切さがしみじみと伝わってくる。

ともあれ様々な想いや覚悟を抱き、俺たちの進むべき道は定まった。

出発は、明日だ。

◇◇◇

翌朝。

準備を終えた俺とルリアは、ギリギリまで嫌がっていたバーチェを引っ張りながら、出発のために街を出た。

本日は晴天。砂嵐の気配もない。

予定よりもずっと長く滞在したこともあり、バングラドの街にも愛着が湧いていた。離れるのが少し寂しい。

「な、なぁ。やっぱオレは留守番でも……」

「駄目に決まってるだろ?」

「うぅ……」

「大丈夫だ。いざという時は必ず守る。お前には指一本触れさせないから」

「お、おう……わかった。ちゃんと守れよ!」

「はいはい」

そこまでビビりなのに、よく魔王を名乗って暴れようとしていたものだ。まぁ今が本来のバーチェで、あの頃は無理をしていたのだろう。

もう少し頼もしく成長してくれたら、俺も不安なく同行させられるんだが……。

うん、まだまだ時間がかかりそうだな。

「リズ、ララン、お利口に待っていてね?」

「うん。ルリアちゃんも無理しちゃ駄目っすよ?」

「それはアスクに言ってほしいわ」

「それもそうっすね!」

「無事に帰ってきてください。私たちも、待っていますから」

「ええ。必ず戻るわ」

ルリアはお姉さんのように、残るリズとラフランを安心させるための言葉をかけていた。

アリアとセシリーの二人も、別れを惜しんでいる。

「ちゃんとご飯を食べなさい。夜更かしも駄目よ？　アスクたちの話をしっかり聞いて、一人で突っ走ったりしないこと」

「わかってるよ！　セシリーは心配性だなぁ」

「心配はするわ。でも信じてもいる。アリアならきっと大丈夫よ」

「……うん！　私もセシリーを信じてるからね！」

セシリーはアリアを抱き寄せ、アリアもそれに応える。お互いの心と体温を確かめるように、ぎゅっと抱きしめ合う。

「無事に帰ってきなさい。約束よ」

「約束するよ！　次に会う時は私の、本物の心臓がここにあるから」

ここに残る選択をしたセシリーが後悔しないように、必ず目的を達成し、みんなでこの街に帰ってこよう。俺は二人を見つめながら、改めて決意を固めた。

ガルドさんが隣にやってきて、尋ねてくる。

「なぁ、本当に馬車はいらないのか？」

「はい。目的地に馬車で立ち入れない可能性が高いですし、何より時間がかかります。のんびりしていられませんから」

「まぁ、そうか。気を付けて行けよ」

「はい。いろいろとありがとうございます。ガルドさん」

彼にはたくさんお世話になっている。バングラドに長期滞在することになって、不自由なく暮らせたのも、彼が住む場所や食料、生活に必要なものを全て揃えてくれたお陰だ。

そして俺たちがいない間、彼やセシリーが残ってくれるお陰で、心置きなく旅に専念することができる。

「必ず心臓をぶんどってこい！　ついでにきつい一発を食らわせてやれ」

「はい！」

もちろんそのつもりだ。

俺はガルドさんと拳を合わせ、男の挨拶をした。

「それじゃ出発しよう。アリアは俺の左手、ルリアは右手を掴んでくれ。バーチェはルリアと手を繋ぐんだ」

「うん！」

「わかったわ。バーチェ」

「ほい」

四人並んで手を繋いだ。俺たちが持っている最速の移動手段は馬車ではない。俺は言う。

「行きますよ、シル！」

「待ってました！　行っくヨー！」

俺たちの周囲を風が吹き抜け、力強い気流が発生する。

身体が徐々に浮かび上がり――気付けば、街を見下ろせるほど高く昇っていた。

「バーチェ」

俺の言葉に、バーチェはコクリと頷いた。

「おいで！　クゥ！」

彼女の呼びかけに答えるように、何もない空間に紫色の炎が発生し、あっという間に獣の姿へと変化した。

悪魔は生まれつき、それぞれ特殊な能力を備えている。

魔法とも精霊術とも異なるそれは権能(けんのう)と呼ばれる。

バーチェの権能は、自身の魂(たましい)の一部を切り離して召喚獣(しょうかんじゅう)を創り出し、使役(しえき)するというもの。

クゥはバーチェが権能で呼び出す、炎の獣。翼はないが空を走ることができる。

俺たちはクゥの背中に乗った。

「このまま真っ直ぐでいいのか？」

「ああ。シルの風に身体を委(ゆだ)ねるように走ってくれ」

「だってさ。行け、クゥ！」

クゥは猛々しく吠えて、俺が示した方向へ走り出す。

俺が気流を操作し、常に追い風を生めば、いつもの何倍もの速さで移動できるのだ。

風を切る音が、とても心地いい。

「はははっ！　すっごく速いよ！」

「これなら馬車よりも早く辿り着けそうね」

「ああ。バーチェがいてくれてよかった」

アリア、ルリア、俺がそれぞれそう口にすると、バーチェは胸を張る。

「へへっ、オレの有難みがわかってもらえたみたいだな！　これからはオレのことをバーチェ様と崇めても――」

「お手」

「ワンッ！　ってこら！　何すんだよ！」

よし、首輪は正常に働いているみたいだな。

「調子に乗ってたから、つい」

「いいじゃんか！　たまには調子に乗らせろよ！」

「開き直ったわね」

ルリアは呆れるが、アリアは楽しそうに叫ぶ。

「すごいよ、バーチェ！　っていうかこの子……クゥだっけ？　温かくて可愛いね！」

「そ、そうか？　勇者に褒められるのはなんか複雑だけど……悪くないな！」

天然褒め上手のアリアの言葉を受けて、やる気を見せるバーチェだった。はしゃぎすぎたらよくないが、やる気を出してくれたのならよしとしよう。

ルリアが尋ねてくる。

「アスク、心臓までの距離はどのくらいなの？」

「まだかなり遠いな」

すると、アリアも大きく頷いた。

「ずっと先だね！　思ってたよりずっと速く移動できているけど、今日中には着かないんじゃないかな？」

「俺もそう思う」

わかるのは方角と、感覚的な距離だけだ。

俺は位置を予想するために、ガルドさんに渡された周辺の地図を広げる。

この先にあるのは――

「暗黒大陸……」

「人類が未だ到達していない未開の土地ね」

俺とルリアは、地図を覗き込みながらそう呟いた。

長い人類史の中で、唯一人類が開拓できていない場所がある。大陸の西の果てだ。巨大な渓谷を渡った先は、太陽の光が届かず、一日中暗いことから暗黒大陸と呼ばれているのである。

マスタローグ家にいた頃も、暗黒大陸についての話は何度か聞いた。

王国に所属する騎士団、魔法師団が何度も調査に赴き、ことごとく失敗しているそうだ。

「過酷な環境と、そこで育った強力な魔物たち。人間が住めるような場所ではないことは確かみたいだが……それ以外に情報はないんだよな」

「隠れる場所としては最適だな」

俺の右肩でサラマンダー先生が大きく頷いた。その動きに合わせるように、アリアも頷いている。果たしてどんな場所なのだろうか？　人類が辿り着けなかった場所……そんな危険な土地を拠点に選んでいるところからも、魔王の異常さはわかろうというものか。

気を引き締めなくてはならないな。

「なぁ、ちょっと休憩しない？　これ結構疲れるんだぞ」

「我慢してくれ」

やっぱりどこか締まらないバーチェだった。

バングラドの街を出発して三日。

俺たちはようやく、暗黒大陸の唯一の入り口――古びた吊り橋の前に辿り着いた。

「はぁ……もう疲れた」

両腕をだらんと垂らして疲労困憊をアピールするバーチェに、俺は言う。

「だらしない顔をするな。これからだぞ？」

「仕方ないだろ！　こっちはずっとクゥを出しっぱなしだったんだからな！　もっと労ってくれてもいいだろ！」

「そこは感謝してる。バーチェがいてくれてよかった」

俺はバーチェの頭を撫でる。

バーチェは満更でもない表情になるが、すぐにハッとして怒鳴ってくる。

「そ、そんな言葉だけで満足すると思うなよ！」

「もっと撫でてほしいのか？」

「違うわ！」

「そうか」

俺はバーチェの頭から手を引っ込める。するとあからさまに、バーチェがシュンとしたように見えた。

「やっぱり撫でてほしいんじゃないか」

「違うってば！」

「二人とも、緊張感がなさすぎるわよ」

ルリアがしらっとした目で注意してきた。

「あ、ごめん」

「アスクのせいでルリアに怒られたじゃねーか！」

俺のせいにしないでほしいな。

ただ、緊張感がなかったのは確かだ。ここまで無事に辿り着けたことで、少し気が緩んでしまっていたようだ。よくないな。

対して、いつも元気なアリアの表情には緊張が色濃く滲んでいる。

無理もない。目の前に広がる未知の世界……その邪悪な気配を、聖剣を持つ彼女は誰よりも敏感に感じ取っているのだから。そうでなくたって自分の心臓が懸かっているのだし。

「相当強い魔物が、うようよいるな」

「うん……こんなの初めてだよ」

俺の言葉に頷くアリア。彼女の身体は、僅かに震えていた。

それでも拳を握り、言う。

「行こう！　アスク君！　ルリア！」

「ああ」

「そうね」

「オレは留守番――」

「なわけないだろ？　行くぞ」

こうして俺たちは人類未踏の地、暗黒大陸へ向かって歩みを進めるのだった。

暗黒大陸の最奥。

光が届かず、完全に閉ざされた大地の中でも、特に暗く何も見えない場所がある。

そこに魔王はじっと佇んでいた。

「……来たか」

魔王は、瞼を開ける。

「取り戻しに来たというわけか。予想通りではある」

彼は再び、目を瞑る。

「ここに辿り着くのは時間の問題か。……だが、それもいい」

閉じた瞼の裏に思い浮かべるのは、自分と瓜二つの容姿をした男。今最も欲する心臓の持ち主である、アスクである。

「こちらから出向く手間が省けた」


これより約十七時間後。

運命に導かれたように、魔王と精霊王は邂逅する。そしてそれは、ある真実が明るみに出る、契機となるのだった。

第七章　暗黒大陸

暗黒大陸唯一の入り口は、古びて今にも落ちそうな吊り橋だ。

既に足場は半分以上が抜け、ロープもちぎれそうになっている。大人一人の体重を支えられるようには思えないし、子供の体重でも渡れるかどうか、といったところだ。

故に吊り橋を歩いて渡るのは、実質不可能。暗黒大陸に立ち入るためには、飛べることが必須だと言える。

そしてその条件を、俺たちは満たしていた。

再びバーチェにクゥを召喚してもらい、気流を操って大渓谷の上を渡る。

クゥの背中から下を見下ろす。下には暗闇が広がっており、底が見えない。

「落ちたら終わりだな」

俺の言葉を聞いて、バーチェが怯えた声を上げる。

「おいアスク！　怖いこと言うなよな！」

「冗談だ。それより前を見たほうがいい。危険なのは下じゃない」

「え？　おわっ！」

黒い影が、俺たちの前を横切った。

「いきなりのご挨拶だな」

暗黒大陸の洗礼。

空を移動する手段を持っていても、暗黒大陸に簡単に入ることはできない。渓谷の上空で、複数の魔物が警備でもするように巡回しているのだから。

空を飛んでいる魔物の種類は……ワイバーンか。飛竜種の中でも、ドラゴンに次いで大きく強力な魔物である。

以前街を襲った悪魔もワイバーンを従えていたが、それよりも巨大で迫力があるな。おそらくは、あの時のワイバーンよりも強い。

「こ、こっちに来るぞ！」

「クゥーン」

弱気な声を上げたバーチェとクゥを叱咤（しった）するように、俺は言う。

「怯むな！　このまま突っ込むぞ！」

ワイバーンの数は十や二十ではない。いちいち相手にしていたら、目的地に辿り着く前に体力が尽きてしまう。

戦闘はなるべく避け、できる限り逃げの選択をとることは、事前に相談して決めていた。

俺はクゥの周囲の大気を操作し、迫りくるワイバーンの群れの飛行経路をしっちゃかめっちゃかにしてやる。

勢い任せに突っ込んでくるワイバーンは、不規則な気流に翻弄（ほんろう）され、仲間同士ぶつかり合って落下していく。

更に、気流でクゥのスピードをブースト。空いたスペースを一気に駆け抜けさせる。

すると、すぐに向こう側の陸地が見えてきた。

「見えてきた！　このまま速度を保って着地する」

「わ、わかっ――いや、ちょっと待て！」

「――！」

バーチェと俺が気付いた時には、もう遅い。謎の巨大な手に上から引っ叩かれた。

上に乗っていた四人はすんでのところでクゥから飛び降りたが、クゥは消えてしまった。

「くっ……」

陸地まであと少しだが、このままでは奈落の底に真っ逆さまだ。

クゥを再召喚してもらおうか、と思ってバーチェを見るが、混乱してしまっていて無理そうだ。

それなら――！

俺は、大声で指示を出す。

「ルリアはバーチェを！」

「任せて！」

ルリアは、俺が言うより前に行動に移してくれていた。

彼女の風の出力でも、身体が小さく軽いバーチェなら、なんとか回収して陸地まで運ぶことができるだろう。

アリアには、俺が手を伸ばす。

「掴まれ！」

「うん！」

伸ばした手を握り、アリアを抱きかかえるようにして風魔法で飛翔……というより滑空する。

そうしてどうにか俺らは四人そろって陸地に着地。暗黒大陸に足を踏み入れた。

「な、なんとかなった……」

「安心するな、バーチェ。まださっきのやつが残っている」

無事に着地できて安堵するバーチェを庇うように前に出て、俺は剣を抜き、構える。

アリアとルリアも臨戦態勢を取っていた。

気を抜ける状況ではない。なぜならもう、俺たちはそれと対峙している。

バーチェはやつらの異様な姿に驚き、頼りない声を漏らす。

「青い……巨人？」

黒い木々が生い茂る森の中から、巨大な青い肉体が姿を見せている。見た目は筋肉質な男のようで、印象としてはオーガやトロールに近い。

しかし、これまで見たことがないような真っ青な身体をしていて、なんと、顔がない。

いや、顔らしき部分はあるが、目や鼻、口といった顔を構成するパーツが見当たらないのだ。正直、かなり不気味だ。

「とてつもない魔力だな。こんな魔物、初めて見るよ」

俺がそう言うと、先生が教えてくれる。

「アスクも感じるはずだ。この地に満ちている闇の精霊の影響だろう」

確かに、背筋がゾッとするような嫌な感じがする。森全体……いいや、この大地全てから異質な力が漏れ出しているのだ。これがただの魔力ではないことは、明白だった。

性質的には俺が扱う精霊の力と同じだが、地水火風のどれでもないとわかる。

これは、魔王と対峙した時の感覚と似ているな。

不意に、巨人が動き出す。

「来るぞ！」

すると、後ろでルリアが言う。

「待ってアスク！　後ろからも来ているわ」

「――！　ワイバーンの群れか」

振り向くと、渓谷を抜けたワイバーンの群れの一部が、俺たちを追ってきているのが見えた。

正面からは巨人、背後からはワイバーンが迫る。最早、戦闘を避けられる状況ではなくなってしまった。

「俺がワイバーンを先に片付ける！　アリアとルリアの二人は、巨人を頼めるか！」

「うん！　任せてよ！」

「わかったわ！」

おそらくワイバーンの群れより、青い巨人のほうが強い。

本来なら俺が相手をするべきだろうが、ルリアはともかくアリアは空を飛べない。相性を考えて、このマッチメイクにしたわけだ。

「手早く済ませます」

そう言って構える俺に、王様たちが頼もしい言葉をくれる。

「だったら、ボクの出番だね！」

「妾の力も使いなさい」

ウンディーネ姉さんの力で生成した冷気を、シルの気流操作で巻き上げ、触れたものを凍結させる冷気の風を生み出す。

空気まで凍結させる風でワイバーンの翼が凍りつく。ワイバーンが何匹か落下していく。

しかし、数匹は回避し、距離を取った。

「諦めてはくれないか」

まだこちらを警戒しているのを見るに、戦意は失っていなさそうだな。

逃げてくれたら楽だったんだけど……。

まぁたられればを言っても仕方ない。ルリアたちが巨人に集中できるように、ここでワイバーンを片付けてしまわなければ。

そう思っていると、声がする。

「クゥ！　やっちまえ！」

「――――！」

クゥが、空を駆け、ワイバーンを一体墜落させた。

いつの間にかバーチェは権能を再度発動したらしいが……明らかにクゥの姿は普段よりも大きく、炎の燃え方も激しい。

「ここはオレ様に任せろよな！」

「バーチェ？」

「なんか知らねーけど、いつもより調子がいいんだ！　ワイバーンなんて怖くもないぜ！」

そうか、ここは暗黒大陸。闇の精霊が集まる大地。悪魔は元々、闇の精霊が進化した存在だ。俺たちにとっては不気味なこの場所も、バーチェにとっては居心地がよいのだろう。

ちょっぴり複雑な心境だが、これなら任せてもよさそうだ。

「わかった。任せる」

「おう！」

バーチェにワイバーンの群れを任せた俺は、ルリアたちの援護に向かう。彼女たちも青い巨人と激しい戦闘を繰り広げていた。

「アリア！　私が運ぶわ！」

「お願い！」

「エアバーン！」

ルリアは突風を発生させる魔法を発動し、アリアを巨人目がけて吹き飛ばす。

アリアは空中で聖剣を構え、巨人に向けて振り抜いた。

聖剣の斬撃が、巨人の胸に叩き込まれる――が、浅い。皮膚と同じ青色の血が、僅かに流れただけだ。

「硬い！　鉄の塊を斬ってるみたいな感覚だよ！」

「攻撃が来るわ！」

「――！　っ……」

巨人は握り拳を、空中にいて無防備なアリアに振り下ろす。

アリアは咄嗟に聖剣で防御するが、勢いを殺しきれなかったようで、地面に叩きつけられてしまう。

ルリアが声を上げる。

「アリア！」

「平気！　これくらい全然痛くないよ！」

アリアはピンピンしている。すぐさま立ち上がった。

安堵しかけるルリアだったが、巨人が追撃しようと拳を振り上げていることに気付く。

「させない！　ストームブラスト！」

竜巻（たつまき）を発生させる魔法を使い、巨人の攻撃モーションを阻害する。

一瞬だけ動きが鈍るが、拳はそのまま地面に振り下ろされた。

「二度目はないよ！」

アリアは巨人の攻撃を難なく回避しつつ、そのまま振り下ろされてきた腕を聖剣で斬り裂く。

だがやはり、あまりダメージはなさそうだ。

「だったらこれでどうかな！」

アリアは再び巨人に突進し、聖剣を巨人の右腕に突き刺した。すると彼女の聖剣から、猛々しく燃える炎が発生する。

「燃えちゃえ！」

精霊王の炎を纏ったことで、聖剣が巨人の腕に深く突き刺さる。『これなら切れる』と判断したのだろう、アリアは勢いよく聖剣を振り抜き、青い巨人の右腕を切断した。

苦痛に悶（もだ）える巨人。そこに追い打ちをかけるように、今度はルリアが魔法を放つ。

「ウィンドカッター」

無数に放たれた風の刃が、巨人の全身を切り裂いていく。

これはただの魔法ではなく、風の精霊によって強化された魔法だな。

ここで二人は気付いたのだろう。

「この巨人は精霊の力には弱いみたいね」

「うん！　硬いけど、二人で力を合わせたらいけるよ！」

「ええ！　援護するわ」

「いっくよー！」

アリアが聖剣に炎を纏わせ、その炎をルリアの風が増幅させる。

超高温の業火を纏った聖剣を構えたアリアは、ルリアの風によって巨人の頭上に飛ぶ。

「今度は切ってみせるよ！」

豪快に振り下ろされた超高温の刃は、いともたやすく巨人を両断。真っ二つになった肉体が、物すごい音を立てて地面に落ちた。それは業火に包まれ、焼失していく。

「なんとかなったわね」

「私たちの勝ちだよ！」

俺は喜ぶ二人の元へ、ゆっくり歩み寄る。

「二人とも、お疲れ様」

「あ、アスク君も終わったの？」

「あっちはバーチェに任せてきたんだ」

「少し前から見ていたわよね？　手を貸してくれてもよかったじゃない」

ルリアが苦言を呈してきた。

俺も最初はそのつもりだったんだが……。

「二人の戦いを見て、手助けはいらないとすぐにわかったからな」

ルリアもアリアも、これまでの修業の成果がちゃんと表れている。

アリアは炎の精霊の扱いをマスターし、ルリアも風の扱いが以前より安定した。そして炎と風、二つを合わせた高火力・広範囲の攻撃も問題なかった。

彼女たちが想像以上に成長してくれたことが、俺は嬉しかった。

「うむ、二人ともよくやったぞ」

「ありがとうございます！　サラマンダー先生！」

元気に返事するアリアを見て、先生も嬉しそうな表情を浮かべている。

バーチェのほうを確認する。彼女も難なくワイバーンの群れを撃退したらしく、クゥの背中に乗ってこちらへ来た。

「こっちも終わったぜ！　楽勝だった！」

「あれ？　クゥちゃん、ちょっと……」

「大きくなっているわね」

クゥの変化に驚いているルリアとアリアを見て、バーチェが調子に乗って腕を組む。

「オレ様が成長した証拠だな！」

「微妙に違うけど、まぁいいか」

正直、バーチェは魔導具の管理のために同行させただけで、戦闘面は全く期待していなかった。

けれど、これならある程度は一人で戦わせても大丈夫だろう。

これで、俺自身も戦闘に集中できるな。

「このまま先に――！」

「アスク！」

「また出たよ！　さっきの巨人！」

安心したのも束の間。森の中から青い巨人が数体の群れを成し、俺たちの前に立ちはだかる。

あんな怪物が当たり前みたいに複数いるのか。

「戦闘を避けて……とか言っていられる場合じゃないな」

倒さなければ先には進めない。しかし、ここで足止めを食らっていたら、魔王が何かしらの対策を講じてくる……どころではなく、最悪、別の場所へ逃げられてしまう可能性だってある。

やつには長距離を転移する手段があるわけだしな。

「三人とも格好いいとこを見せてくれたし、今度は俺の番だな。俺に続け！」

俺は地面を蹴って飛翔し、瞬く間に青い巨人の顔面に接近。拳を思いっ切り振るい、青い巨人の顔面に当たる部分を粉砕した。

巨人はそのまま大きな音を立てながら倒れ、動かなくなった。

「わっ！　豪快だね」

「さすがね」

「アスク怖ぇ……」

俺の戦いを見て、アリア、ルリア、バーチェはそれぞれそんな風に感想を漏らす。

先ほどアリアが巨人を両断した際、魔力の流れを見ていたところ、頭が切られたタイミングで活動を止めたことがわかった。つまり、顔のパーツがないだけで、頭が急所になっているのだ。

「次！」

鍛えられた肉体を風の力で押し出す。

また、大地の力で重力を操作し、自身の身体を移動の瞬間は軽く、攻撃と防御のタイミングでは重くする。これは、ガルドさんの魔法を見て生み出した技術だ。

そして、拳を振るう瞬間には、凝縮させた炎の高熱と水の冷気を衝突させ、瞬間的に小爆発を起こし、打撃の威力を向上させる。

そんな具合に四人の精霊王の力を最大限に発揮し、かつ体力の消耗を最小限に抑えて、俺は巨人たちを相手取った。

この戦い方は、アリアたちとの修業を経て習得したもの。着実に、強くなっているのを感じる。

「いいぞ、アスク」

「しっかり身についておるようじゃのう」

「器用に使い熟せているわね」

「なんだかボクたちも一つになった気がするネ！」

偉大な王様たちの賞賛や鼓舞を受けて、俺は更に動きを加速させる。

実戦の中でしか培（つちか）われない経験もある。当初は戦いは避ける方針だったが、それが無理なら最大限利用させてもらおう。この先で待ち構えている魔王に勝つ確率を、少しでも上げるために。

「俺はここで、もっと強くなる」

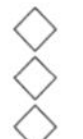

暗黒大陸に突入してから半日が経過した。

周囲の魔物はあらかた倒してしまったようで、しばらく魔物と遭遇していない。そんなわけでようやく少し落ち着いたので、休息を取っている。

「さすがに疲れるわね。ずっと戦い通しだと」

ルリアの言葉に、俺は頷く。

「そうだな。ここからは、こまめに休息をとろう」

「みんな、休んでていいよ！　私が見張りをしておくから！」

アリアはそう言ってくれるが、そうもいくまい。

「アリアも休むんだ。見張りは先生たちがしてくれる」

こういう時、先生たちが傍にいてくれるのは助かる。集中を解いて休んでいても、異変があればすぐにわかるからな。

「なんでアリアは、そんなに元気なんだよ……」

「そういうバーチェはお疲れだね？」

「当たり前だろ！　ずっとクゥを出しっぱなしだったんだからな！」

権能の行使は、魔力と体力を大幅に消費する。この半日、ほぼずっとクゥを出していたバーチェの限界は近かった。

「バーチェの回復を待って進もう。あと、クゥはしばらく温存だな」

「そうするぜ。クゥも疲れたって言ってるし」

「クゥはお前の分身なんだから、それはお前の意見だろ」

冗談を言う余裕はあるようだし、しばらく休めば問題なさそうだな。

ふと、俺とアリアは同じ方向に目をやった。

「近付いているな」

「うん……私も感じるよ」

間違いなくこの先に、アリアの心臓がある。

これだけ盛大に暴れているから、俺たちが近くにいることはわかっているはずだが、それでも心臓の反応が遠ざからないのを見るに……。

「どうやら魔王は、逃げる気がないみたいだな」

「みたいだね。迎え撃つつもりなんだよ」

「ああ」

「むしろ、待っているのかもしれないわ。アリアの心臓を狙ったように、今度は……」

ルリアの視線で察する。

「俺の心臓も、か」

「ええ」

「絶対させないよ！」

アリアの力強い言葉に、全員が大きく頷く。

「俺だって取られるつもりはないよ。必ず勝ってみせる。アリアの心臓も取り戻す。それでやっと……」

俺たちに平穏な日常が戻ってくるんだ。


三十分ほどの休息を挟み、俺たちは再び歩き出した。

巨人は異常に大きかったから驚くタイミングを逸してしまった感があるが、暗黒大陸は植物もどれも巨大だった。一面に生えている雑草ですら、俺の身長を優に超えている。

「先生、これも闇の精霊の影響なんでしょうか？」

「……いいや、それだけではない。ずっと違和感はあった。ここは……」

「先生？」

「アスク坊、思い出したのじゃ。ここがどこなのか。ワシらとも無関係ではない」

「どういうことですか？」

先生とノーム爺に問いかけるが、返事はない。代わりに、ウンディーネ姉さんが答える。

「この地は昔、妾たちが闇の精霊と戦った場所なのよ」

「――！　ここが……」

「だから見覚えがあったんだネ」

先生たちは遥か昔、闇の精霊を抑え込むために戦っていた。

ここがその戦地であり、植物の異常成長は、精霊同士が衝突したことによる副作用だという。

精霊の力は、大自然から生まれた魔力が元となっている。

過剰な力に当てられたことで、植物は独自の進化を果たした。

そして独自の進化を果たしたのは、植物だけではない。魔物たちもまた、強化されている。

「なるほど。あの魔王がここを棲家に選んだのは、そういうことか」

「発生場所……いわば故郷だったわけじゃな」

先生とノーム爺のやりとりを聞いて、俺も納得する。

精霊は元来、生まれた場所に留まる性質を持っている。なぜなら、彼らの力の源は大自然そのものであり、生まれた場所からは特に大きな力を得られる。

対して闇の精霊は、人の悪感情が元になって生まれた精霊だ。だから彼らには拠り所となる場所は存在しない。しかし、彼らの始祖、最初の闇の精霊が発生した場所はある。それがここだ。

世界中から発生した闇の精霊たちは、無意識にこの地へ集まっていたのだろう。そうして無数に集まっていったそれらはやがて凝縮され、大きな塊となり、新たな魔王へと進化を果たした――と。

そこまで考えて、これまで抱いていた疑問が氷解するのを感じる。

魔王がこの地に留まり、俺たちが来ても逃げなかったのは、ここに闇の精霊が満ちているからだったんだな。

「自分の力が最大限発揮できるここでなら、俺たちに負けることはないってことか」

「向こうはそう思っているみたいね」

俺とルリアの会話を聞いて、シルは頷く。

「周りは敵だらけ。ということは、あっちにとっては味方だらけだもんネ」

「そうですね。それでも……」

俺たちが歩みを止めることは許されない。ここに足を踏み入れた時点で、戦わないという選択肢は消えた。ここが先生たちにとっても因縁の場所なら、尚更だ。

精霊王の契約者として、闇の精霊との因縁に決着をつけてみせる。

そう意気込んだことで、無意識に俺たちの歩く速度は速くなっていく。

歩き続けて、十数分して俺たちの目に、最悪の光景が飛び込んできた。

「な、なんだよこれ！」

「死体の……山？」

「アスク君！　これ、人も混ざっているよ」

バーチェ、ルリア、アリアの言葉を聞いて、俺は黙り込む。

目の前には、魔物と人間の死体が、まるで廃棄されているかのように山積みになっていた。死体は腐敗したものもあれば、まだ血が流れている、新しいものもある。

「人間の死体……これは……」

王国の魔法師団の制服を纏っている。暗黒大陸の調査にやってきて、殺されてしまったということだろう。

そんな時、声が響いた。

「……くそっ！　こんなとこで！」

「人の声だよ！」

「あっちだ！　誰かいるぜ！」

ルリアとバーチェが口を開いた時にはもう、俺は駆け出していた。

「アスク！」

ルリアの引き留める声が聞こえるが、足を止めてなんかいられない。

それはほとんど、直感だった。その声を知っているという、直感。

「待ってったら！」

「どうしたの？　アスク君？」

「ちょっ、置いてくなよ！」

そんな三人の声を背に、俺は先を急ぐ。

やがて、一人の人間と何体もの魔物が対峙しているのが目に入った。

ボロボロになり、満身創痍ながら立っている人物。その姿は、たとえ何年経過していようと忘れられない。だって、彼は――

「――兄さん！」

「お前、アスク……か？」

振り返り、俺に気を取られた瞬間、魔物たちが兄さんに襲い掛かる。

「邪魔だ！」

俺は咄嗟に突風を生成し、その魔物たちを吹き飛ばした。

しかし、そこで疲労が限界に達したのか、兄さんが倒れそうになる。

「兄さん！」

「アスク……」

転びそうになる兄さんに手を伸ばすと、兄さんも俺の手を取ってくれた。

近くで顔を合わせ、声を聞いて、確信する。やっぱり聞き間違いじゃなかった。やはり、彼は兄さん――ライツ・マスタローグだったのだ。

「どうして、お前がここに？」

「兄さんこそ、なんで？　その制服は……」

兄さんが身に着けているのは、王立魔法学園のものに似ているけど、細部が違う。俺はこの服装がなんなのかを知っていた。

王国魔法師団の制服だ。

学園の生徒であるはずの兄さんが、どうして魔法師団の制服を着て、暗黒大陸に一人でいるのか。

「アスク！　魔物が来てるわ！」

「後ろからも追いかけてきてるよ！」

「派手にぶっ飛ばすからだぞ！　挟まれちまったじゃんか！」

みんなの声に、俺は気持ちを切り替える。

「……兄さん、話はあとにしましょう」

「そうだな。まずは――」

この魔物たちを蹴散らすのが先だ！

俺と兄さんは、背中を合わせるように立つ。

「兄さん、怪我がひどいけど、戦えるんですか？」

「心配するな。このくらいなら自分で治療できる。一人で相手するにはちょっと厳しい数だが、お前もいるなら何とかなるだろ……って、ふふっ。つい笑っちまうな」

「兄さん？」

「強くなったんだろ？　父上から聞いたぜ」

「――！」

お父様は俺のことを、ライツ兄さんに伝えてくれていたのか。どこまで、どんな風に伝わっているのか気になるところだ。

また一つ、聞きたいことが増えてしまったな。

手早く終わらせよう。少しでも兄さんと、お互いのことを話す時間が作れるように。

俺はアリアの心臓を取り戻すためにここまで来た。それが一番だ。それなのに、兄さんとゆっくり話したいと思ってしまう。感情というのは時に面倒で、自分で制御できないものなんだな。

俺は口を開く。

「兄さんが得意なのは水の魔法でしたよね？　今でも変わりませんか？」

「得意な魔法は変わらんが……変わったことはある。あの頃より強くなってる」

「期待してますよ！」

俺は手のひらを上にかざす。支配するのは大気だ。空に浮かぶ雨雲を風でかき集めて、雨を降らせる。

「――！　雨を降らせたのか」

「あとはもう、わかりますよね？」

「――ああ、俺たちの勝ちだな」

雨が降り、湿気に満ちた場所。それは、水を操る魔法使いのためのフィールドと言える。

兄さんも右手を上にかざす。

大気中に含まれる大量の水分を、降り注ぐ雨とともに操り、無数の渦を作り出す。

「呑み込め」

渦は魔物たちを吸い込む。魔物たちは荒ぶる濁流に抗おうともがいているが、無意味だ。

一度渦に囚われれば、自力で這い上がることはできない。

駄目押しで、兄さんは無数の氷塊を生み出し、魔物たちに向けて飛ばす。氷塊に身体を貫かれたことによって、魔物たちは次第に沈黙していく。

時間にして一分にも満たない攻防だった。

俺たちを囲んでいた魔物の群れは、血や肉となり、水の中へと解けた。

魔法を解除する俺に、ライツ兄さんが声をかけてくる。

「これで話す時間ができそうだな」

「そうですね」

「その前に服を乾かさないといけないわよ」

「――あっ」

ルリアの棘のある声に振り向くと、雨でずぶ濡れになった女性陣がムスッとした顔で立っていた。

兄さんとの再会でテンションが上がり、彼女たちのことをすっかり忘れていたのだ。

ルリアがじとーっとした視線で俺に言う。

「何か言うことは？」

「……ごめんなさい」

すっかり夜になってしまった。

太陽が見えず、昼夜の境界はわかりにくいが、夜のほうが魔物が活発化するというのは、ここでも変わらないらしい。

俺たちは現在、兄さんが近くに見つけた洞窟に身を潜めていた。今の時間帯の魔物の多さを考えると、ここで夜を過ごすのが無難だろう。

洞窟の中は迷路みたいに入り組んでいて、個室のような空間がいくつもあった。別の部屋に着替えに行った女性陣と分かれたことで、俺と兄さんは意図せず二人きりで過ごすことになる。

「まさか、こんな場所で再会できるとは思わなかったぞ」

「俺もですよ」

どうして兄さんがここにいるのか。その話は洞窟に来るまでに聞いていた。

兄さんは学園に通いながら、魔法師団の一員にも選ばれていたらしい。それは、学園内で優秀な成績を収めた人間だけに与えられる栄誉なんだとか。

暗黒大陸へは、調査のために先輩の魔法使いと一緒に訪れていたらしい。

近頃、王国の領土内で心臓を抜かれた魔物の死体が複数発見されている。その原因を辿っていくうちに、ここ暗黒大陸に辿り着いたそうだ。

そして準備を整え、満を持して調査に乗り込んだものの……

「俺以外は全滅だ。不意打ちだったのもあるが、予想以上に魔物の数が多くて、どうしようもなかったんだよ」

「わかります。外とは比べ物にならないほど強い魔物がたくさんいる。むしろ兄さんはよく無事でしたね」

「なんだよ。意外だとでも言いたそうだな」

「いや、そんなつもりじゃ！　ただ……兄さんも強くなったんだなって、思っただけです」

決して馬鹿にするつもりはなかった。純粋に出た言葉だった。

俺の中での兄さんの印象は、子供の頃に引き離されたあの日で止まっている。当然ながら、それより大分印象が変わった兄さんに、驚いてしまっているのだ。

まず顔つきは大人っぽくなっているし、背だって俺よりずっと高い。なんというか、俺とは違って『大人の男性』って感じだ。

「そりゃ強くなるさ。毎日、魔法師団の任務で忙しくしてたからな」

「そうだったんですね。いつから？」

「二年に上がってすぐだ」

「割と最近じゃないですか。それなのに、こんなに危険な任務に選ばれたんですね」

「これでも歴代トップの成績だったんだぞ？」

「さすが兄さんです」

小さい頃からなんでもできて、器用な人だった。魔法学園に入ったことは知っていたけど、そこから更に頑張っていたってことなんだろうな。

「お前のほうこそ、見違えたな」

「そうですか？」

兄さんはしみじみとした口調で続ける。

「ああ。特に顔つきが違う。あの頃はなんか、何を言っても心がこもってないっていうか、無感情って感じだったからな」

「あははっ、実際その通りでしたよ」

あの頃の俺には心がなかった。感情が欠落し、人形が人間のフリをしていただけだった。そんな俺を周囲は不気味に思っていた。だが、馬鹿にしてきてはいたものの、兄さんだけは俺を『人間だ』と言ってくれていたんだよな。

するると、兄さんが唐突に言う。

「悪かったな、アスク」

「え？」

「お前が何に悩んでいたのか。俺には全くわからなかった。父上に言われるまま距離をとって……。でも今ならわかる。お前には感情がなかったんだな」

「……そうですね」

「俺が楽しくて笑っている時、お前も笑っていた。楽しんでいるんだと思っていた。でも実際は、真似をしていただけなんだ。それに気付かず……ひどいことも言っただろ？」

「……」

「ずっと謝りたかったんだ。父上から話を聞いて、本当はすぐにでも会いに行きたかった。けど、この任務が控えていたから、そうもいかなくてな。終わったらちゃんと会いに行こうって思っていたんだ。嘘じゃないぞ？」

「……わかっていますよ。兄さんはいつも、俺に本音を見せてくれていたから」

俺は兄さんのことを責めるつもりはない。兄さんに悪気がなかったことは、感情を手に入れた今、いっそうよくわかるから。

「俺も、兄さんに話したいことがたくさんあるんです」

「じゃあ、聞かせてくれ。寝るまでの子守歌（こもりうた）として」

「きっと眠れませんよ？」

「それでもいい。久方ぶりの再会なんだ」

俺はずっと、こんな瞬間が来るのを待ちわびていたのかもしれない。

運命に感謝せずにはいられなかった。

「びっちゃびちゃだよー。ちょっと臭うし」

『うへ～』という表情のアリアに対して、ルリアは諦めたような表情で答える。

「そうね。早く着替えましょう」

「もう、アスク君ってば、はしゃぎすぎだよね」

「仕方ないわよ。家族と久しぶりに会えたんだから」

ルリアたちがアスクとライツを二人きりにしたのは、意図的なことだった。二人きりじゃないと、話しにくいことがあるだろうと。

「ちゃんと話せているかな？」

「大丈夫よ。きっと」

「そっか……」

バーチェは既に寝息を立てている。

あちらが二人きりであれば、こちらも二人きり。

アスクたちがそうであるように、こちらにも、二人きりでないと話せないことがあった。

「……ルリアはどうして、アスク君と結婚したの？」

「どうしてって、唐突ね」

「えっと……なんとなく、知りたくなって」

アリアは恥ずかしそうに頬を赤くしながら、笑みをこぼして目を逸らす。ルリアは一呼吸置いてから、優しい口調で答える。

「……助けられたのよ。彼に」

「ルリアも？」

「ええ。何度も助けられたわ。ただの他人、しかも人間じゃない私たちと、彼は対等に接してくれた。大切に想ってくれた。そしたらいつの間にか、私の中で特別になっていたの」

「特別……どんな風に？」

「そうね。アスクがいない人生なんて、考えられないわ」

「――――！」

この時のアリアは、自分の中にある新しい感情に戸惑っていた。

アスクのことを考えると、胸が熱くなって苦しい。それがどうしてなのか、理由を求めていたのだ。

今、ようやく理解する。

「そっか……だからなんだね」

「アリア？」

「……ごめん。私、アスク君のことが好きになっちゃったみたい」

アリアはアスクへの好意を自覚した。そして、それをルリアに伝えることが、どんな意味を持つのか、ちゃんと理解している。

「驚かないの？」

「そんな気がしていたわ」

「そうなんだ。きっとセシリーもわかっていたんだね」

セシリーは、アリアが恋心に自分で気付くのを待っていた。そうやって知るべき感情だと思っていたから。

「よし、決めた！　無事に心臓を取り戻したら、アスク君に告白するよ！」

「――――！　思い切ったわね」

「駄目かな？　二人が夫婦なのはわかってるけど、好きになっちゃったら、伝えたいって気持ちを我慢できないんだよ」

「……気持ちはわかるわ。だから、止める気もない。私はただ、アスクを信じて任せるだけよ」

そう言ってルリアは優しく微笑む。決して嫌味でも、敵意でもなく、アリアの決意を肯定するように。

「ずるいなぁ……羨ましいよ」

「ふふっ、家族だもの」

この日、二人の間で奇妙な友情が芽生えた。

再会を果たし、決意を新たに固め、彼らはいよいよ対峙する。

生命が生み出した黒き邪悪と。

第八章　存在証明

生い茂る木々の間を通り抜け、魔物との遭遇を極力避けて進む。

兄さんも俺たちについて奥に向かうことになった。ただ、この先には魔王がいる。少し心配になって俺は尋ねる。

「本当に戻らなくて大丈夫なんですか？」

「当たり前だろ？　俺はここに調査で派遣されたんだ。何の成果も得られずおめおめと帰れるか。それに弟が行くんだ。俺一人逃げるなんて、情けないだろ」

こんな危険な状況で、逃げることを情けないとか誰も思わないと思うけど……。

でも、兄さんならそう言うと思っていた。

昔から一度決めたことは曲げないし、最後までやり遂げる人だったから。

「安心しろ。足を引っ張ったりはしねーよ」

「そこは心配していません」

兄さんが魔法使いとして強くなっていることは実感していた。

俺のサポートがあったとはいえ、あれだけの魔物を一人で抑え込んでいた実力は本物だろう。

貴重な戦力が得られるのは俺たちにとってもいいことだ。特にこの先に待っている男と戦うに当たって、戦力はいくらでもほしい。

「……それにしても、異様な気配だな」

「そうですね」

先頭を歩く俺は、進む先から漂ってくる異質な気配を感じ取っていた。隣を歩く兄さんもそうだろう。

暗黒大陸全体に漂う闇の精霊の気配が、より一層濃くなっている。

魔王に近付いていることを実感して、緊張が走る。

「ねぇ、アスク君。魔物の気配が全くしなくなったよ」

「……確かにそうだな」

そう、先ほどまでは絶え間なく魔物が襲い掛かってきていたのだが、少し前からぴたりと襲ってこなくなったのだ。

それどころかアリアの言う通り、気配すらほとんどない。

俺は念のためにシルの力とノーム爺の力を使って、周囲を探知する。

「……このあたりには魔物がいないみたいだ。というよりも、生物が全くいない」

「全く？　魔物以外もいないの？」

「ああ。ルリアも風で周囲を探ってみるといいよ」

彼女も風の精霊と契約しているから、狭い範囲なら周囲の状況を探ることができる。

修業を重ねて、精度も上がっているだろうしな。

「確かに、動いているのは私たちだけみたいね」

「そうなんだよ。俺たち以外に……バーチェ？」

「あ、なんだよ？」

「顔色が悪くないか？」

バーチェは、少しだけ辛そうな顔をしていた。

「なんかちょっと気持ち悪いんだ。頭がクラッとする」

「おそらくは闇の精霊の影響だろう」

サラマンダー先生の言葉をノーム爺が補足する。

「闇の精霊の数が増えておるのう。力がかなり漏れ出しておるようじゃ」

「魔王に近付いているからですか？」

「おそらくのう。魔物や悪魔は闇の精霊の影響を受けやすい。気分が悪くなったのは、魔力の濃度の問題じゃろう」

要するに、強すぎる闇の精霊の力に酔ってしまっている、ということらしい。

俺はここで察する。なぜあれほど多かった魔物がいなくなったのか。魔物は悪魔と同じく、闇の精霊の影響を受けやすい。彼らはこれ以上、暗黒大陸の奥地には近寄れないんだ。

「バーチェはこのまま進んでも大丈夫なんでしょうか」

「大丈夫じゃないカナ？」

「彼女たち悪魔は、元は同じ闇の精霊よ。今は力に酔っているだけで、慣れれば安定するはずだわ」

そんなシルと姉さんの言葉を受けて、俺はバーチェに言う。

「なるほど。だそうだから、早く慣れてくれ」

「あ？　何が？」

当たり前だが、シルとウンディーネ姉さんの声が聞こえていないバーチェには、俺の意図はさっぱり伝わらなかった。しっかり先ほどの話を噛み砕いて説明してやる。

それにしても、よかった。さすがにこんな場所に彼女を放置するわけにはいかないからな。

更に歩いて、俺たちは辿り着く。暗黒大陸の奥地へ。

バーチェは気持ち悪さが和らいできたらしく、一歩前に出て言う。

「なんだよこれ……街じゃんか！」

「街というよりこれは……」

「遺跡だな。しかもかなり古いぞ」

俺の言葉を兄さんが継いだ。

森が途切れ、開けた場所に大きな街の遺跡があった。建物は見るからに現代の建築様式によるものではなく、壁は粘土(ねんど)で固められている。

少しだけ、砂漠の街バングラドと近い雰囲気はあるが、目の前の街のほうが明らかに古い。

遺跡を見つけた時、王様たちが同時に反応していた。

「見覚えがある」

サラマンダー先生が代表して、そう呟いた。

「うむ。懐かしいのう……ここはワシらが戦った地にもっとも近い街じゃ。そしてここが……」

ノーム爺は少しだけ考えてから、感慨深そうに呟く。

「この世界で初めて、闇の精霊が形になった場所でもあるのう」

「――！　ここだったんですね……」

人間界と精霊界は重なり合っている。コインの裏表のように、すぐ近くにあるのにお互い干渉することはできない。

俺たちがいる人間界を表とするなら、精霊界がその裏側だ。

見えないだけで同じ大地の裏側に、精霊の世界が広がっている。

ただ、先生たちと繋がっている俺だけが、目に見えないもう一つの世界を肌で感じることができるのだ。

かつてここにあった都市、そこで暮らす人々から溢れ出た負の感情が力を持ち、意思を持ち、闇の精霊として成った。そうか、ここは紛れもなく闇の精霊にとっての故郷なんだな。

そしてそれを知覚した瞬間、漂う闇の精霊の気配に押しつぶされそうになる。

「闇の精霊が魔王になったのも、契約者を得たワシらが戦ったのもここじゃ。世界の違いはあるが、場所そのものは同じじゃった」

ノーム爺はそう語ってくれた。

闇の精霊が誕生したこの地には、闇の力が溢れている。だからこそ、彼らはここを戦場に選んだ。

自分たちの力を最大限に引き出し、先生たちに勝利するために。

ウンディーネ姉さんも、複雑な心境で呟く。

「確かあの頃は、ここが主要都市だったのよね」

シルは首を傾げながら唸る。

「えーっと、確か名前が……」

「――エニダ」

シルの疑問に答えるように、男の声が聞こえた。

「――!?」

俺たちは瞬時に、警戒態勢をとる。

目の前に現れたのは、アリアの心臓を奪った張本人。現代の魔王……その容姿はやはり、俺によく似ていた。魔王は既にフードを外し、顔を晒していた。

あれだけ隠していた顔を平然と見せていることに、不気味さを感じる。

「あれは……アスク？」

「そうか。兄さんは初めてでしたね？　あれが、魔王です」

「――！　こいつが……」

他人とは思えない。いいや、もっと深く……まるで――

「もう一人の自分を見ているよう、か？」

「……」

心を見透かすように、魔王の瞳が俺を捉える。

その瞳は暗く、見ているだけで真っ暗闇に吸い込まれそうだ。

アリアが、見つめ合う俺たちの間に割って入る。

「私の心臓を、返してもらいにきたよ！」

「……これは驚いた。心臓を抜かれて生きているのか」

「みんなに助けてもらったからね！」

「なるほど。魔導具を心臓の代替品にしているのか。作ったのはそこの悪魔だな」

「ひっ！」

バーチェはビビッて、俺の後ろに隠れてしまう。

仮にも魔王を名乗ったことがあるなら、ビビらず平然としていてほしかったが、無理もないか。

あの目を見ているだけで、とてつもない恐怖を感じる。俺ですら、だ。

それでも、俺は言う。

「アリアの心臓は、この奥だな」

「いかにも。あれは俺の目的に必要なものだ。大切に保管している」

「目的？　お前の目的はなんだ？　なんのために心臓を集めている？」

「それを語ると思うか？」

「……」

そんな必要などないことくらい、俺たちだってわかっている。

こうして対面した以上、ここから先の展開は、どちらかが死ぬまで戦うしかない。勝者だけがこの場に残るだろう。

俺たちは、いつでも戦えるように身構えていた。

しかし妙なことに、魔王は未だ敵意を見せていなかった。戦おうという意思が感じられない。少なくとも今、この瞬間は……。

「お前が抱いている疑問はそれだけじゃないだろう？　本当は、俺の目的よりも知りたいことがあるはずだ」

魔王は、まるで見透かすようにそう囁く。

その通りだった。俺にはずっと、やつの目的以上に、確かめたいことがあった。

「どうして……その姿なんだ？」

初めて顔を見た時から、ずっと気になっていたことを問いかけた。

世界は広い。似ている容姿の人間だって、探せば何人かはいるだろう。一人くらい、双子かと思えるほど似ている相手だっているかもしれない。先生たちも偶然だと言ってくれた。

けれど魔王が俺と瓜二つであることを偶然で済ませるのは、無理だろう。

「……アスクよ」

「すみません。俺は知っておきたいんです。こいつが何者なのか」

心配する先生に謝って、俺は再び魔王に尋ねる。

「答えろ、魔王！　お前は誰なんだ？　お前は……」

そして、魔王は答える。

「もうわかっているはずだ。俺は……お前だよ。アスク・マスタローグ」

「――！　俺……」

「そう。お前だ」

俺によく似た魔王は、ニヤリと不敵な笑みを浮かべる。

「何言ってるんだよ！　アスク君はここにいる一人だけだよ！」

「そうよ。惑わされないで」

アリアとルリアが魔王の言葉を否定して、俺を庇うように叫んだ。

気持ちは嬉しい。俺のことを案じてくれているのが伝わる。それでも俺は、やつの言葉に……。

「納得しているはずだ。失ったものと再会したような感覚が、あるんだろう？」

言葉の意味がわからなかったようで、アリアとルリアが聞いてくる。

「アスク君？」

「失ったもの……？　どういう意味なの？　アスク？」

だが、俺は彼の言うことに対して、腑に落ちる感覚を得ていた。

「……ああ、そういうことか」

ようやくわかった。魔王の正体……どうしてやつが俺によく似た容姿をしているのか。それも、似ているなんて言葉では収まらないほどに。……俺と魔王は、全く同じ存在だったのだ。

「人間は誰もが感情を持って生まれる。魂と感情は二つで一つ。だがお前は、感情を持っていなかった」

「ああ、俺には感情がなかった。初めからなかったものだと思っていた……でも、違うんだな」

人は生まれる時、必ず感情を持って生を受ける。それに例外はなかったのだ。俺も同じだったん

だ。俺が生まれた時、ちゃんと感情を持って誕生していた。しかし、生まれた感情は俺の中にはとどまらず、抜け落ちてしまったんだ。

「お前に宿った感情は、どうしてかお前の中から抜け出てしまった。そうして感情のない人間が誕生した。その後、抜け落ちた感情のほうは闇と結びつき、俺という存在が誕生した。理解したか？ 俺とお前は同じ存在……いわば分身だ」

「……どういうことなの？」

ルリアが不安そうに聞いてくる。

俺も完全に理解したわけじゃない。だが、やつが俺の感情を持っているということだけは、感覚で理解できた。やつには恐怖を感じるとともに、懐かしさと……奇妙な安心感を覚えるのだ。

「単なる偶然……いいや、運命だったのかもしれない。お前は、いいや俺は、感情と肉体が結びついていない状態で生まれた。肉体に感情が宿らなかった。空っぽのお前の心は、ない感情を求めるように大きく成長した」

一つ、俺の中の疑問が晴れた。

なぜ俺は、全ての精霊王と契約できる器を持っていたのか。王様たちも驚いていた。本来なら、精霊王一人とすら契約することはできないはずなのに。

依代となる器の大きさが重要だったのだ。俺には感情がなかった分、異なる存在であった彼らをすんなり受け入れ、取り込むだけの余地があった。

「……そういうことだったのか」

サラマンダー先生も、静かに納得していた。

王様たちにとっても、それは大きな疑問だったのだろう。だが、なんて最悪な秘密の開示なのだろうか。そして……

「身体に宿らなかった感情は、かつて俺の周囲に漂い、拠り所を探していたんだな」

「その通りだ。ようやく理解し始めたか」

俺は魔王に問いかけ、正解を得る。

宿るはずだった感情は、ずっと俺の周りにあったんだ。けれど、俺の心はそれを受け入れられなかった。そうして排斥（はいせき）された、悲しき感情は拠り所を探して、段々と闇の精霊と調和していくことになる。

闇の精霊と調和した感情は自然、この地へと導かれる。

それから時間をかけて、俺の感情は他の負の感情を集めて成長して、闇の精霊と完全に一体化し——やがて魔王と成った。目の前に立っている魔王こそが、俺が失ってしまった感情であり、そして闇の精霊と混ざり合い、多くの命を奪ったのだ。

間接的ではあるが、アリアを命の危機に晒したのも——

「そう、お前自身の過（あやま）ちだ」

「っ……」

俺の感情が元となっているからなのか、心が読まれているのか。

いや、それよりもアリアだけじゃなく、多くの命を今なお危険に晒しているのが、自分自身の感情だという事実に、俺は生まれてから一番動揺した。

その動揺は、契約している王様たちにも伝わる。

「アスクよ。これ以上耳を貸すな」

「そうだヨ！　アスクが気に病むことじゃない！」

「かつてあなただったもの、というだけよ。今のアスクはここにいる一人だけ。あれはあなたの意思じゃないわ」

「ワシらはアスク坊の味方じゃ。お前さんは悪くない」

王様たちはみんな優しい言葉をかけてくれる。けれど俺自身が、自分の責任だと思ってしまっている。そうとしか考えられなかった。

今まで俺は、ずっと自分は被害者だと思っていたんだ。考えないようにしても、心のどこかでそういう意識があった。もしも感情を持って生まれていたら、違う人生もあったかもしれない。そんなことを一度も考えなかったと言えば、嘘になる。

動揺し、困惑する俺を庇うように、兄さんが前に出た。

「お前の目的はなんなんだよ」

「……兄さん」

「そうだな。兄さんには教えてあげてもいい」

「てめぇの兄貴じゃねーよ。偽者」

「怖い顔をする。俺はアスクだ。それは俺自身が、あいつ自身も一番知っている」

顎で俺をしゃくりながら、魔王はそう言った。

「俺はそうは思わねーな！　俺の弟はここにいるアスクだけだ。てめぇなんか知らねーよ！」

兄さんがこんなに激しく怒るところを、俺は初めて見た気がした。

ニヤリと笑みを浮かべ、魔王は語る。

「俺たちがどうやって生まれるのか。お前たちは既に知っているはずだ。悪感情……その根源にいるのは、人間だ」

魔王は自らの心臓に手を当て、服を鷲掴みにする。

「俺の身体には、常に人間の悪感情が流れ込んでくる。今、こうしている時でもな。恐怖、妬み、悲しみ、痛み……。それが、どれほどの苦痛かわかるか？　誰とも知れないやつの悪感情に苛まれる苦しみが！」

「……お前は……」

「うんざりだ！　それこそが闇の精霊の総意！　俺たちは望んで生まれたわけじゃない。こんな生き方をしなければならないなら、初めから目覚めなければよかった」

魔王の口から本音が語られる。それはかつて、精霊王たちとの戦いでも聞くことがなかった……闇の精霊たちの本心だった。

「だが、生まれてしまった以上、もう逃げられない。俺たちは永遠に、お前たちの悪感情に苦しむ。それがなければ生きることすらできない。腹立たしい……悪魔に進化を果たしても、それは変わらない」

彼らは等しく、人間がいなければ存在を保てない。

「だから進化する！　精霊でも悪魔でもない新たな存在に……人間に縛られない生命に！　その上で俺たちを苦しめる存在――人間を全て消し去る！」

「お前は、人間を滅ぼす気なのか……」

「その通りだ、兄さん」

「だから兄さんじゃねぇ！　ふざけやがって……」

怒りを露わにしながら、兄さんは拳を力いっぱい握っている。

新たな生命へと進化を果たし、人間への依存を解消する。そうして自由になって初めて、彼らは人間に本当の意味で牙（きば）を向けられる。

ルリアが尋ねる。

「そのために心臓を集めている、ということかしら？」

「そうだ。心臓には力が宿っている。特に強い個体……強靭（きょうじん）な魂を宿した心臓は、進化に必要な栄養素になる。たとえば勇者の心臓、あれは格別だ」

「そんなことに使わせないよ！　お前はアスク君じゃない！　アスク君じゃないなら、私の心はあげられないよ！」

「既にあの心臓は俺のものだ。返すつもりはないし、お前たちに理解なんて求めていない。だが、お前ならわかるだろう？　悪魔のお前なら」

魔王はバーチェに問いかける。バーチェは難しい表情をして、ぼそりと呟く。

「……時々感じることはあるよ。嫌な気持ちとか……夢に出てくるしな」

その言葉に、俺は少なからずショックを受ける。しかし、そんな気持ちをかき消すように、バーチェは声を張り上げる。

「けど、そんなもん気にしてない！　今のオレ様は不幸なんかじゃないからな！」

「バーチェ……」

「忘れんなよ？　オレ様がここにいるのはお前があの時……あーもう！　恥ずかしいなっ！」

バーチェは頬を赤くして、ぷいっと横を向いてしまう。彼女がそんな風に思ってくれていたことに驚いた。

俺に命令権を握られている状態だから、ずっと不満を抱えていると思っていた。不幸だと思われても仕方がないと。

「物好きな悪魔だ。束縛を望むなど、悪魔の風上にもおけないな」

「そっちの事情なんて、知ったこっちゃないからな！」

「わかっているのか？　俺を否定すれば、自分の存在を否定することになるのだぞ？」

「だから！　オレ様はお前なんて知らないって言ってるんだよ！」

「強がりだな。悲しいが、同胞でも裏切り者なら消すだけだ」

「はんっ！　お前なんてアスクにぶっ飛ばされろ！」

「そこは、自分がやってやるって言うとこじゃないのか……」

そういう他力本願なところも、彼女の個性だと思えるようになってきた。俺も中々甘いのかもしれない。どんな理由だろうとも、彼女に頼られることが嬉しいと感じてしまっているわけだしな。

「……話にならないな。さて、俺よ。いい加減迷うのをやめたらどうだ？　お前はとっくに理解している。この状況を招いたのは誰なのか。誰が責任をとるべきなのか。胸に手を当てて考えてみろ」

「……」

「そう、その心臓を差し出せ。そうすれば、お前と関わりのあるやつらだけは見逃してやろう」

「――！」

魔王の甘言に俺の心は明らかな動揺を示した。

やつの言う通り、この状況を招いた責任は俺にあるのだろう。やつは俺の感情から生まれた。俺がいなければ、魔王は生まれなかった。人類を脅かす脅威はなく、皆が平和に暮らせていたかもしれない。

俺の中にある自責の念がどんどん大きくなる。

この心臓を差し出すことでみんなが助かるなら、それでもいいと思ってしまうほどに。

「そんなこと、私たちが許さないわよ」

「そうだ！　アスクが悪いみたいな言い方、聞いててムカつくな！」

ルリアとバーチェが否定する。否定してくれる。俺の周りにいる人たちは、みんなお人好しだ。

「アスク君は、ここにいるアスク君だけだよ！　私たちはみんな、アスク君と出会えたからここにいるんだ！」

「私たちの人生にはアスクがいてくれる。だから幸せなのよ」

「俺の弟は一人だけだ。何度も言わすなよ」

「みんな……」

「アスク」

ルリアが俺の手を優しく握り、温かな笑顔を向けてくる。

「私たちが信じているのは、今ここにいるあなたよ」

続けてアリアも、ルリアが重ねた手の上に、自分の手を重ねて囁く。

「あいつが誰かなんて関係ないよ！　アスク君は間違っていない！　私たちがそれを知っているから」

バーチェが俺の足をちょんと蹴る。それから、俺の横にぴったりくっついてくる。

「いつまでウジウジしてんだよ。アスクらしくねーぞ」

「アスク」

「兄さん……」

兄さんの拳が、俺の背中を押す。

「誰もお前の責任だなんて思ってない。でも、お前がそう思うって言うなら、違う方法で責任を取ればいいんだよ」

「違う方法？」

「あれは誰だ？　お前の感情……片割れみたいなもんなんだろ？　だったらどこにあるべきだ？」

「――そうか。そういう方法もあるね」

みんなの想いが、体温を介して伝わってくる。

温かな感情が流れ込み、震えていた心を包み込んでくれる。

「我らの意思は、伝えるまでもない」

「アスク坊、忘れないでほしいのじゃ」

「妾たちは後悔していないわ。何一つ……」

「ボクたちは幸せだよ！　アスクと出会えて、世界を見て回れるんだからネ！」

内側から聞こえる声。王様たちも、誰一人俺を責めてはいない。

わかっていたことだ。それでも嬉しかった。今の俺を肯定してくれることが。……みんなが認めてくれている。必要だと思ってくれている。

それなのに……

「俺自身が、今の俺を否定するわけにはいかないよな」

「……愚かだな。感情のない抜け殻が、一丁前に悩んだふりをして……不愉快だ」

「お前はそうだろうな。俺だって確かに空っぽだったよ。だが空っぽだったここは、みんなが埋めてくれたんだ」

胸に手を当てて、俺はそう宣言する。

王様たちと契約し、ルリアたちと出会い、お父様の本心を知り、兄さんとも再会できた。

今なら思える。俺の人生は、これ以上ないくらい幸せに満ちていると。

「俺の心は満タンだ！　みんなとの出会いが俺を強くしてくれた」

「ならば、もう一度空っぽにしてやろう。空になった肉体は俺が貰ってやる。進化の礎（いしずえ）にはちょうどいい」

「やってみろ！　その前に俺が、お前を止めてみせる！」

俺は拳を握り、剣を抜く。

覚悟は決まった。俺がやるべきことは、目の前にいる自身の過ちを、自分の手で拭（ぬぐ）い去ることだ。

「本当に不愉快だ」

魔王はパンと手を叩く。やつの背後に、心臓を収納した亜空間が出現した。その中には、過去の魔王たちの心臓や、アリアの心臓がある。

「あれ！　私の心臓だよ！」

「これらは力の塊だ。有難く使わせてもらおう」

「これは……」

魔王は心臓を起点として、闇の精霊たちを集めている。

集まった闇の精霊は、暗い影となって顕現（けんげん）する。

「影の軍勢、とでも呼ぼうか。お前たちは今日――闇に呑まれる」

心臓の持ち主たちの形を模した黒い影。ただの影や幻覚ではないことは、伝わってくる圧迫感からわかる。それらは心臓に宿っているそれぞれの力や、魂の形を再現しているのだ。

かつて王たちと戦った魔王の影、そして俺たちとともにいる勇者アリアの影まで、やつは使役している。

「私の影は私が抑えるよ！」

アリアに続いて、兄さんが言う。

「一人じゃ厳しい相手だ！　全員で連携するぞ！」

「そうしましょう。バーチェも戦うのよ」

「うっ、わかってるよ！　ここまで来て逃げられねーもんな！」

アリアは自身の影と剣を合わせ、ルリアたちも召喚された影の軍勢と戦う。

数の上では圧倒的に不利な状況である。

「お前の相手はもちろん俺だ」

「……」

俺はみんなと引きはがされ、魔王と一対一だ。

「知っていたよ。最初からそのつもりだった」

「へぇ、あれだけ大口を叩いておいて、彼女たちを見捨てるつもりなのか？」

「そうか。お前には理解できないんだな」

「……」

「信頼しているんだよ。お互いに！」

影たちはみんなに任せよう。だから俺は、自分の影たる魔王に集中する。

言葉を交わさずとも、みんなの意思は一つだ。俺は見捨てたわけでも、見捨てられたわけでもない。ただ、託したんだ。

「お前を止める！　それが俺の役割だ」

「アスクよ！　最初から全力でいくぞ！」

「はい！　先生！」

俺は、全身に業火を纏う。

相手は歴戦の魔王すら倒す、最強にして最後の魔王だ。

出し惜しみはしない。俺が持っている全てをかけて、ここで決着をつける。

「ボクの力も使ってヨ！」

「そのつもりです！」

シルの力で業火に突風を重ねることで、更に炎は猛々しく燃え上がる。俺はその高熱の竜巻を前方へと放射する。

対する魔王は、黒き炎で対抗する。

「それがお前の権能か？」

俺の言葉に、魔王は不敵に笑う。

「そう、この炎は憤怒(ふんぬ)の象徴……黒炎は全てを燃やし尽くすまで消えない」

「――！」

俺の炎を燃やしている？　あの黒い炎は炎ですら燃やすことができるらしい。

「だったらもっと火力を上げるまでだ！」

やつの権能は強力だが、燃やせないほどの物量で攻めれば関係ない。何せ俺は、大自然を味方につけているのだ。

炎の竜巻を発射しながら、俺は天候を操る。集まってきた雷雲から、稲光が響き、魔王に光が落ちる。だが――

「――!?」

「残念だったな」

相殺された？

雷の速度で攻撃したんだぞ？　なぜ反応できたんだ。

いいや、驚くべきはそこじゃない。今、魔王から放たれたのは炎ではなく……。

「雷？」

「馬鹿な。悪魔が有する権能は、一つだけのはずだ」

先生も動揺している。

悪魔によって異なるが、権能は一体につき一つしか持っていないはずなのに。

「まだまだこれからだぞ」

「――！　今度は氷か！」

黒い氷の塊が、俺の頭上に降り注ぐ。咄嗟に空気中の水を凍結させ、氷の幕を作って相殺する。

炎、雷、氷……既に三つの能力を見せられた。

共通しているのは全て黒く染まっていること。ならば同じ能力なのか？

一瞬の困惑――それをついて、魔王は俺の背後をとる。

「隙を見せたな」

「っ……」

打撃が重い。今のはただの打撃ではなかった。重力操作の能力を使っている。

「わかったぞ。アスク坊、あれはあやつの能力ではない。あやつが持っている心臓の能力じゃ」

「心臓？　そうか……心臓に宿った力を……」

「――行使しているのね。たぶんそれが、あの魔王の権能だわ」

「理解が早い。さすがは精霊王たち、か」

奪った心臓に宿る能力を模倣する。それこそが、最後の魔王に与えられた権能。奪った心臓の数だけ能力を持っているとなれば、その引き出しの数は計り知れない。

まさに最強の魔王だ。

「理解したか？　お前が相手にしているのは、強者の歴史そのものだ」

魔王は右手に剣を生成する。その形はよく知っている。

「聖剣まで再現できるのか！」

「危ない！　避けなきゃ駄目だヨ！　アスク！」

「っ……」

咄嗟に生成した氷の壁はやすやすと両断される。

しかし俺はどうにか斬撃を躱していた。俺の背後の建造物が、真っ二つになる。

見た目だけを似せた紛い物ではない。威力も聖剣そのものだ。

まともに斬り合えばこっちの剣が先に折られるだろう。斬撃は受けないほうがいい。だが、距離をとったところで、やつには遠距離攻撃もある。

「攻めるしかない！」

俺は風の力で身体を押し出しつつ、重力を操り自身の肉体を軽量化する。

心拍数を高めた上で、水の精霊王の力を用いて身体の隅々まで血液を高速で循環させ、一時的に身体能力を向上。すると体温も上がる。その熱を拳に集め、それを更に炎熱で高める。

全身から流れる汗が瞬時に蒸発していく。まるで、蒸気を纏っているかのようだ。

俺が持ち得る最大限の、近接戦闘特化形態！

「無茶な使い方をするじゃないか。そんなに肉体に負担をかけて……長くはもたないだろう？」

「手早く済ませれば関係ない」

やつの言う通り、この状態は長く続かない。

肉体を極限まで酷使する能力の使い方だ。今まで一度も、こんな使用法を試したことはない。

ただ操るのではなく、四大精霊王の力を俺という小さな身体に集約する――大自然を人型に留めるような無茶だ。

いくら強靭な身体を持つ俺でも、長く続ければ肉体が崩壊するだろう。

だから、その前に倒す！

俺は、空気中の水分を使って生み出した蜃気楼（しんきろう）に紛れる。更に空気を蹴って素早く左右に動き、攻撃の出どころを読ませないようにする。

「無駄だ。こっちだろう」

「正解だ。けど、遅い！」

背後から拳を振るう。魔王は聖剣で防御するが、今の俺の拳は触れたものを爆裂させる。

――聖剣が粉々に砕けた。

そのまま追撃を試みるが、魔王の全身から放たれた黒い炎がそれを阻んだ。

「ちっ……あと少しだったのに」

「惜しかったな」

「……」

砕いた聖剣は既に修復されている。たとえ破壊されても、心臓がある限り、模倣した能力が消えることはないらしい。

厄介……だが、俺の拳はやつに届く。それがわかった。勝機は十分にある。

「お前は……そうかもしれないな」

「――!?」

魔王の視線の先には、影と戦うルリアたちの姿があった。劣勢であることは明らか。

みんな、かなり苦しそうな表情だ。

苦戦しているから……じゃない！　もっと別の何かに苦しめられているような――

「こいつら……さっきから変なもんばっか見せやがって！」

「惑わされては駄目よ」

「わかってる！　でも集中できねーよ！」

「……」

バーチェとルリアの声が聞こえてきた。

彼女たちは目の前の敵だけではなく、別のものとも戦っているらしい。それが何か、魔王の口から語られる。

「苦しいだろう？　それこそ、俺が感じている痛みだ」

「……まさか」

「お前にも見せてやろう！　俺が見ているものを！」

「――！」

魔王は聖剣を捨て、拳を握り殴り掛かってくる。その拳を俺が受け止めた瞬間、脳内に記憶が流れ込んできた。

誰の記憶でもない。世界のどこかにいる見ず知らずの人の……後悔、恨み、罪悪感……最悪な記憶とともに、悪感情が流れ込んでくる。

そういうことか。彼女たちも見ているんだ。影と対峙する中で、闇の精霊を作り出す根源を。

魔王は思っているのだ。それによって、俺たちが惑うのだと。だけど――

「そんなこと、知ってるよ！」

アリアは叫ぶ。契約している俺にも、彼女の心が流れ込んでくる。

「生きているんだから！　悩んだり苦しんだりすることはあるよ！　そんなの当たり前で、みんな知ってることなんだ！」

叫びながら、アリアは悩んでいた。迷っていた。それでも、折れない覚悟と信念がある。彼女はいつだって臆病で、恐怖しながらも立ち上がる。

強さと弱さを併せ持つアリアの心こそ、勇者たる証――

それは、ここまでの彼女との関わりの中で十分に知っている。

「失敗も、悩みも、後悔も！　全部自分たちで乗り越えればいい！　悪いことばっかり考えさせようとしても無駄だよ！　後ろばっかり見てないで、前を見ればいいんだ！」

アリアは先生の能力を行使し、聖剣に炎を纏わせる。

自分と同じ力を持つ影であっても、この戦い方は知らないだろう。今の彼女が、かつての自分を超えていく。

「私たちは俯かない！　どんな困難も、乗り越えてみせる！」

「……そうね。そうだったわ。いつだって私は自分と戦ってきた」

「一番苦しんでた弟が、こんなにも成長したんだ。だったら人間、本気になれば何だってやれるだろ！」

「オレ様はずっとそうしてきたぜ！」

アリアの叫びに呼応するように、誰もが、それぞれの想いを胸に奮い立つ。

彼女たちの心は固く、最早折れないだろう。

本当に頼もしい仲間たちだ。俺まで勇気をもらう。そうだ、俺も彼女たちに支えられているのだ。

「ああ……腹立たしいな。希望しか見ていない。自分たちが切り離した絶望から目を背(そむ)けるな！」

「背けちゃいないさ。ただ、受け入れて戦う覚悟をしただけだ」

「覚悟？　笑わせるな！　そんなちっぽけな覚悟なんて無意味だ！」

魔王はそう叫ぶと集めた心臓を掴み、自らの肉体に押し込んでいく。

闇の精霊の力が増幅され、周囲にどす黒い魔力が溢れ出す。まるで黒い霧だ。

視界が悪くなるほどの力が周囲に漂い、俺たちを呑み込もうとする。

「お前たちがいるから！　俺のような間違いが生まれる！」

「っ……」

閉ざされた視界の中から魔王が現れ、拳を振るってくる。

ギリギリで受けた――かと思ったのに、腕がへし折られてしまった。

一撃の威力が、先ほどまでと桁違いだ。腕くらいならすぐに治せるが、急所に受ければ、命を落としかねない。

アリアたちも奮闘しているのが見えるが、未だ劣勢であることは変わらない。

この状況を長く続けたところで、状況は悪化するだけだろう。

「ふぅ……」

これは賭(か)けだ。

俺の人生は、俺一人のものではなく、多くの人との出会いによって支えられてきた。

それを証明するために、一世一代の大博打（おおばくち）を打つ！

乾坤一擲（けんこんいってき）——

「行くぞ！」

俺は持ち得る全ての力を一つに圧縮する。地水火風の力が手元に集まり、高密度に圧縮されたエネルギーの塊と化した。

それを一振りの剣へと作り替える。

さながら、精霊王の契約者が作り出す——聖剣ならぬ【精剣（せいけん）】。

「これで終わらせる！」

届いてくれ！

そう祈りながら、俺は魔王の懐（ふところ）に入り、精剣を上段に構える。

——そして、俺の全て、人生を捧げた一撃を、振り下ろした。

「残念だったな」

俺の攻撃をギリギリで回避した魔王が、笑う。

大技を使った直後で隙だらけの俺は、抵抗することができない。

「もらうぞ？　お前の心臓を」

「ごはっ……」

魔王の手によって胸を貫かれ、心臓を抜き取られる。その時、ルリアの声が響く。

「捕まえた」

「――!?」

そう、ここまでは想定通りだ。俺の狙いは、自らを囮にして魔王の動きを制限すること。精霊の力を使えば、短い時間なら心臓がなくても生きられる。

ルリアに拘束され、大きな隙を晒した魔王に向かって、俺は手を伸ばす。

「返してもらうぞ！」

「なっ……！」

俺はアリアの心臓を、魔王の身体から抜き取った。

ついでに、他の心臓はできる限り潰す。

これで今までのように力は使えないはずだ。

「奪い返して何になる！　その腕ごと斬り下ろして終わ――」

「そうだな。腕ごとでいい」

「――！」

俺の心臓を握る魔王の右腕が切断された。隙を見て切り込んできたのは――アリアだ。

「アスク君の心臓は返してもらうよ！」

「こいつ……」

残った左腕で反撃しようとするが、その手はすかさずルリアが放った風の刃によって切断される。

「させないわ」

「――っ、まだだ！」

魔王は俺以外を脅威に感じていなかった。

煽るために視線を向けることはあっても、戦闘中一度も、彼女たちのことを警戒していなかったのは、わかっていた。だからこそ、この賭けは分があると踏んでいた。

「じ、自分の心臓を囮にして……賭けたというのか？　他人に……生死を……」

「他人じゃなくて、家族よ」

「大切な仲間の命がかかっているんだ！　応えるに決まっているよ！」

「そうだ。それを信じていた」

彼女たちならきっと言葉には出さずとも俺の想いに応えてくれる、と。なぜなら俺の人生は、いつだって誰かに支えられ、救われてきたのだから。

「お前にはわからないよな」

「わかるはずがない！　そんな感情を俺は知らない！」

「ああ、だったら教えるよ。飽きるまで教えてやる！」

俺は手を伸ばすが、魔王は距離を取った。

「いずれまた……必ずその心臓を奪いに行くぞ」

「待っているよ。そしてその時には、今度こそ向き合おう。そして……受け入れてみせる。お前が俺だというのなら、お前は俺と、一緒にあるべきだ」

「この俺を受け入れるつもりか？　壊れるだけだ。何もかも」

「そうならないように強くなる。心の在り方で、人はどこまでも変われるから」

それを俺は誰よりも知っている。体感している。

だから魔王……もう一人の俺のことも受け入れてみせる。きっとそれこそが、俺が果たすべき責任であり、やりたいことなんだ。

エピローグ　その気持ち、偽らず

「本当に無茶しすぎだよ！　ヒヤヒヤしたんだからね！」

「怒らないでくれよ。ちゃんと上手くいったんだから……」

「怒るよ！　大事なアスク君の命だよ？　粗末にしちゃ駄目！」

「粗末にはしてないけど……」

戦いが終わり、俺たちは遺跡の建物の中で休息をとっていた。

魔王が消えたことで、集まっていた闇の精霊も散って、淀んだ空気はひとまず解消された。

時間が経てば、また魔物たちも集まってくることだろう。

そんなわけで長居はできないが、傷を癒す時間くらいは必要だ。

その間俺はアリアから説教を受け、小さくなっていたから、休めていたのかと言われれば微妙かもしれないが。

「ルリアからも、言ってあげてよ！」

「そうね。二度としないでほしいわ」

ルリアも追撃をかけてきた。

「うっ……ごめんなさい」

「アスクが怒られてやんの！　なっさけねーなー！」

「バーチェ、お座り」

「ワンッ！　じゃねーよ！　こんな時まで変なことすんな！」

怒りながらも、命令されたままお座りは継続されている。調子に乗った罰だ。しばらくそれで反省してもらおう。

「二人が怒るのもわかるぜ。ありゃ、やりすぎだ」

「兄さん……でも、あれが最善だった」

「わかるけどな。お前のことを大事に思うやつの気持ちも、ちゃんとわかるだろ？　今のお前ならな」

「……はい」

わかっているとも。ルリアも、アリアも、俺のことが大切だから怒ってくれている。心配じゃなかったら、ここまで本気で怒らないはずだ。

「心配かけてごめん。次から気をつけるよ」

「そうしてほしいわね」

「そうだよ！　でも、ありがとう！　ほら、ここに私の心臓があるよ！」

アリアは左胸に手を当てる。

既に彼女の心臓は元の場所に戻っていた。特殊な方法で抜き取られていたからなのか、特に処置もせず、かざしただけで心臓は元の位置に収まり、心臓の魔導具は摘出された。

奪われた俺の心臓も、今はちゃんと元の位置に戻り、鼓動している。

「ね、ちゃんと聞いて！」

「え、あっ――」

アリアは強引に俺の手を引いて、自分の胸に当てさせた。彼女の心臓の鼓動を感じる。

ドクン、ドクンと、徐々にペースが速くなる。

「ドキドキしているの、わかる？」

「……ああ」

「アスク君だからドキドキしているんだよ」

「アリア？」

アリアは俺の手をぎゅっと握りしめて、今まで見せたことがないほど甘い笑顔で囁く。

「私、アスク君のことが好き。大好き！」

「――！」

それは人生二度目の、女の子からの告白だった。

からかっているわけじゃないのは、彼女の目を見れば明らかだ。

静寂に包まれた中、俺は小さく息を吐く。

「俺も好きだよ、アリアのこと。一緒にいると楽しくて、心地いい」

「本当？」

「ああ、でも――俺はルリアのことが、もっと好きなんだ」

自分の気持ちに嘘はつけない。感情がなかった俺だからこそ、感情を偽れなかった。感情の大切さを知っているから、そうするべきではないと思ったのだ。

アリアの気持ちは嬉しい。もしも順番が逆だったなら、俺は彼女のことが一番好きになっていたかもしれない。それくらい惹かれている。

でも……。

ルリアと視線が合う。彼女は優しく微笑んでくれた。きっと彼女なら、俺が悩んで決めたことならなんでも受け入れてくれるだろう。そんな彼女だからこそ、裏切りたくないんだ。

「俺にはルリアがいる。だから、その気持ちには応えられない」

「……そっか。そう言われるのはわかってたよ！」

「アリア……」

「そんなアスク君だから好きなんだ。この気持ちに嘘はないし……変わらない！　だから、私は諦めない！」

「え？　諦めないって……」

「自分でもびっくりだね！　私ってこんなに諦めが悪かったんだ。一度好きになったら諦めるなんて無理だよ。私はアスク君が好き！　アスク君が同じくらい私を好きになってくれるまで、ずっと言い続けるから！」

彼女はまっすぐ俺を指差し、満面の笑みでそう言った。

まるで宣戦布告だ。告白には程遠い。けれど、彼女らしいとも思った。

そうだ。きっと俺も、そんな彼女の心に惹かれていたのだろう。

「手強い女ばっかりだな。同情するぜ」

兄さんが優しく肩にポンと手を乗せた。バーチェはずっとキョトンとしている。

「ん？　結局何がどうなったんだよ」

「さぁな。それがわかるのはまだ……先の話だろうな」

兄さんはそう言って、やれやれと首を振った。

「そういうわけで、ルリアにも負けないように頑張ります！」

「望むところよ」

「あははは……本当に……」

こんなに愛されている自分が、誇らしくて嬉しい。

俺はこれからも、彼女たちに支えられ続けるだろう。挫けそうになっても成長を続け、どんな困難があろうとも、折れることのない強靭な心を手に入れる。そして、いつかもう一人の俺のことも……。

「帰ろうか。俺たちの場所に」

「ええ」

「うん！」

「やっとかよー。疲れたぁ……」

「俺もお邪魔させてもらうぜ？　いいよな？」

「もちろん。兄さんも一緒に」

戦いを終えた俺たちは、帰路につく。

いずれ訪れる再戦の時。その予感を、胸の奥底で感じながら。

今はただ……この幸せを噛みしめる。

異世界ゆるり紀行
子育てしながら冒険者します
1~16
水無月静琉
Minazuki Shizuru
シリーズ累計
123万部(電子含む)突破!!
2024年7月7日~
TVアニメ
放送開始!!
(テレ東・BSテレ東ほか)
1~16巻
好評発売中!
コミックス
1~9巻
好評発売中!
子連れ冒険者の
のんびりファンタジー!
神様のミスで命を落とし、転生した茅野巧。様々なスキルを授かり異世界に送られると、そこは魔物が蠢く森の中だった。タクミはその森で双子と思しき幼い男女の子供を発見し、アレン、エレナと名づけて保護する。アレンとエレナの成長を見守りながらの、のんびり冒険者生活がスタートする!
●16巻 定価:1430円(10%税込)
1~15巻 各定価:1320円(10%税込)
●Illustration:やまかわ
●9巻 定価:770円(10%税込)
1~8巻 各定価:748円(10%税込)
●漫画:みずなともみ

いずれ最強の錬金術師？
SOMEDAY WILL I BE THE GREATEST ALCHEMIST?
1~16
小狐丸
KOGITSUNEMARU
シリーズ累計(電子含む)100万部突破!
2025年1月ついに
TVアニメ化!!
コミックス
1～7巻
好評発売中!
いずれ最強の錬金術師？
小狐丸
地味～な生産職志望の僕に付与されたのは、
聖剣から空飛ぶ船まで、何でも造れる
最強スキル
錬金術!!
第10回アルファポリスファンタジー小説大賞
読者賞受賞作
アルファポリス人気ランキング
圧倒的第1位
……僕、のんびり暮らしたいだけなんだけど
1～16巻
好評発売中!
勇者召喚に巻き込まれ、異世界に転生した僕、タクミ。不憫な僕を哀れんで、女神様が特別なスキルをくれることになったので、地味な生産系スキルをお願いした。そして与えられたのは、錬金術という珍しいスキル。まだよくわからないけど、このスキル、すごい可能性を秘めていそう……!? 最強錬金術師を目指す僕の旅が、いま始まる!
いずれ最強の錬金術師？
1
原作 小狐丸
漫画 ささかまたろう
聖剣から万能薬までなんでも造れる
最強の生産スキル
錬金術発動!
シリーズ累計10万部突破!
大人気ファンタジー、待望のコミカライズ第1巻!

月が導く異世界道中

Tsukiga Michibiku Isekai Dochu

あずみ圭
Azumi Kei

1〜20
8.5

シリーズ累計 **420万部**の超人気作！（電子含む）

TVアニメ第3期制作決定!!

1〜20巻好評発売中!!

コミックス1〜14巻好評発売中

illustration：マツモトミツアキ

20巻 定価：1430円（10%税込）
1〜19巻 各定価：1320円（10%税込）

異世界へと召喚された平凡な高校生、深澄真。彼は女神に「顔が不細工」と罵られ、問答無用で最果ての荒野に飛ばされてしまう。人の温もりを求めて彷徨う真だが、仲間になった美女達は、元竜と元蜘蛛!?とことん不運、されどチートな真の異世界珍道中が始まった！

▶3期までに◀
原作シリーズもチェック！

14巻 定価：770円（10%税込）
1〜13巻 各定価：748円（10%税込）

この作品に対する皆様のご意見・ご感想をお待ちしております。

おハガキ・お手紙は以下の宛先にお送りください。

【宛先】

〒150-6019 東京都渋谷区恵比寿 4-20-3 恵比寿ｶﾞｰﾃﾞﾝﾌﾟﾚｲｽﾀﾜｰ 19F
（株）アルファポリス　書籍感想係

メールフォームでのご意見・ご感想は右のＱＲコードから、
あるいは以下のワードで検索をかけてください。

ご感想はこちらから

本書はWebサイト「アルファポリス」（https://www.alphapolis.co.jp/）に投稿されたものを、改題、改稿、加筆のうえ、書籍化したものです。

魔力ゼロの出来損ない貴族、四大精霊王に溺愛される２

日之影ソラ（ひのかげ そら）

2024年 7月30日初版発行

編集ー濱田湧壮・若山大朗・今井太一・宮田可南子
編集長ー太田鉄平
発行者ー梶本雄介
発行所ー株式会社アルファポリス
〒150-6019 東京都渋谷区恵比寿4-20-3 恵比寿ｶﾞｰﾃﾞﾝﾌﾟﾚｲｽﾀﾜｰ19F
TEL 03-6277-1601（営業） 03-6277-1602（編集）
URL https://www.alphapolis.co.jp/
発売元ー株式会社星雲社（共同出版社・流通責任出版社）
〒112-0005 東京都文京区水道1-3-30
TEL 03-3868-3275
装丁・本文イラストー紺藤ココン
装丁デザインーAFTERGLOW
印刷ー中央精版印刷株式会社

価格はカバーに表示されてあります。

落丁乱丁の場合はアルファポリスまでご連絡ください。

送料は小社負担でお取り替えします。


ISBN978-4-434-34198-4 C0093